GOBOOKS
& SITAK
GROUP©

U0000327

GOBOOKS & SITAK GROUP©

三日月書版

三日月書版

三日月書版
BL035
volume
{02}
Novel. matthia
Illust. shu
致施法者
伯里斯閣下及家屬

To Burris the Spellcaster and His Family Dependent

致施法者
To Burris the Spellcaster and His Family Dependent
伯里斯閣下及家屬

CONTENTS

伯里斯・格爾肖
重獲青春的死靈法師。
BURRIS GELSHAW
CHARACTER
To Burris the Spellcaster and His Family Dependent

洛特巴爾德
亡靈殿堂的骸骨大君。
ROTHBART
CHARACTER
To Burris the Spellcaster and His Family Dependent

致施法者
To Burris the Spellcaster and His Family Dependent
伯里斯閣下及家屬

Chapter 01

致施法者伯里斯閣下及家屬

六十幾年前的霧淞林。

面對屍心盾衛，神殿騎士只出現了短暫的驚訝，他們很快就恢復冷靜。這支隊伍不愧是精銳部隊，他們利用巧妙的走位迷惑構裝體，讓它無法察覺真正的威脅，等到適合的時機，兩名騎士默契地從不同方向發動突襲，一人正面佯攻，一人從側後方以鍊錘進行絆摔，待構裝體身形不穩倒地的剎那，其他騎士的長槍便一起刺入了它的能量核心。

支隊統領滿意地笑了笑，囚車裡的伯里斯卻指著一處樹叢尖叫起來。

又一個屍心盾衛出現了，就在一名年輕騎士身後兩三步的地方。它揮動起沉重的鍊條，將來不及躲閃的騎士連人帶馬掀翻在地。

支隊統領下令重整隊形的時候，構裝體向前跨一大步，用充滿力量的足部將跌倒的馬匹一腳踢飛。這一舉動不僅打亂了騎士們的隊形，還讓其中兩三匹戰馬受到驚嚇，場面頓時一片混亂。

在紛亂的馬蹄聲和嘶鳴之中，一聲淒厲的慘叫凍住了所有人的心臟。

屍心盾衛又再次向前踏一大步，狠狠踩住了那名跌下馬的騎士。騎士的盔甲瞬間變形，腹部被擠壓得慘不忍睹，上下半身幾乎徹底分離。慘叫響徹了整片森林。

騎士們發出崩潰的怒吼。就在他們紅著眼睛圍剿構裝體時，陣形的另一側，又有一個屍心盾衛走出密林。

它揮舞帶有巨大尖刺的上肢，衝向距離它最近的騎士——陣形最周邊的馬奈羅。

清澈而低沉的咒語聲響了起來，盾衛突然停止動作。馬奈羅吃驚地望向囚車，伯里斯維持著施法的手勢對他大喊：「我只能控制住一個！你們快點！」

在支隊統領的指揮下，騎士們花了一點時間毀掉了第二個盾衛，又毫不費力地處理了第三個。霧淞林終於安靜了下來，大概附近僅有的活物也都被這場戰鬥嚇跑了。

幾個騎士圍著身受重傷的隊友，顫抖著念誦祝禱詞。

但最可悲的，是在這種重創之中，不僅無人能倖存，甚至也無人能速死。

那個人痛苦地呻吟著，連一句完整的話都說不出來。伯里斯很想建議他們乾脆給他一個痛快，但他們肯定不會做的。

無論何時都不能自相殘殺，這是奧塔羅特神殿騎士的守則之一。讓重傷之人早日解脫也是奪人性命，這顯然是被絕對禁止的。

奧塔羅特本人真的這麼說過嗎？祂真的覺得一個好人應該被折磨至死，而不是迅速歸於安眠嗎？說真的，奧塔羅特祂……真的在乎這個嗎？

伯里斯讀過不少關於神跡與神術脈絡的書。奧塔羅特被稱為「靜寂之神」、「亡者歸宿」和「永夜中的執燈人」，據說祂會接納死者的靈魂，引領他們到祂的國度，回歸到永遠的安眠之中。可是，如果祂連惡人都可以接納，如果像伊里爾那樣的人都可以在祂的懷抱中沉睡，祂又怎麼會責怪你們？你們憑什麼不敢幫朋友早點結束痛苦？

呻吟聲弱了下去，但那個人還沒死，他只是不能動也不能出聲而已。伯里斯有辦法遠距

致施法者伯里斯閣下及家屬

離殺了他，可是他不敢動手。

一柄長劍從欄杆邊伸了進來，抵在伯里斯的頸邊。支隊統領冷冷地看著他：「我說過，不准施法，任何情況下都不准施法。」

伯里斯閉著眼睛，渾身顫抖著道歉。這不是故作可憐，他是真的非常害怕，不是怕這柄劍，而是怕這些人。

即使他們什麼都不做，伯里斯也打從心底感到畏懼。

寧可傷亡更多騎士，也不願接受死靈法師的幫助；寧可讓朋友生不如死，也不肯讓他安息。我要跟你們去的也是這樣的地方嗎？他們會公正地審判我嗎？

我不相信。

劍暫時沒有收回去。囚車被打開了，馬奈羅鑽了進來，帶著一對冰冷的鐐銬。他把伯里斯的雙手反剪在背後牢牢銬住，並低聲對法師說：「我知道你是想幫忙，但真的……你真的不用這樣。你不施法對我們更好，真的。」

伯里斯安安靜靜地隨他處置，無論他說什麼都只是點頭。

「這是第一次，」囚車外的支隊統領說，「既然你能施法控制魔像，誰知道你還能做出什麼？我們一開始沒有用強制手段控制你，也是因為你有功勞可以抵罪，我們願意適當地給你一些尊重。可是如果你不遵守承諾，我們也只能把你當成普通犯人對待了。孩子，你聽著，這是第一次，要是再有第二次，我會像對待危險的施法者或殺人犯一樣對待你，那樣的話，你可能就再也無法施法了。」

騎士們再次上路。風雪威力不減，估計很快就會埋住三個構裝體，以及那位肢體殘缺的犧牲者。

大雪紛飛的樹林裡視野極差，隊伍還沒走多遠，人們已經看不見身後的慘狀。

伯里斯閉上眼睛，用一種無聲無形的法術注意著那個人的生命。騎士們看不出來他在施法，這種法術也確實不會對外界造成任何傷害。

法師以自己的脈搏為參照，大約兩分鐘後，那個可憐的人終於徹底地死去了。

奇怪的是，他的呼吸不是逐漸變弱，而是被強制中斷的。某一個瞬間，他的呼吸突然靜止，心臟驟停，精神力凍結。他的痛苦結束了，他是被帶走的。

伯里斯睜開眼睛，死死盯著背後雪霧瀰漫的道路。馬奈羅擔憂地看著他，敲了敲囚車的欄杆。

「怎麼了？」伯里斯恍惚地回過頭。

「我還想問你剛才是怎麼了，」馬奈羅低聲說，「我不是和你說得很清楚嗎？你怎麼還動手施法？」

「如果我不動手，也許你們還會多死一兩個人。」甚至可能不止一兩個。

年輕的騎士皺起眉頭：「我明白你的想法，而你卻不明白我們的紀律。你也承認伊里爾是個殘暴的惡徒吧？你也承認自己參與過他的罪惡行徑吧？所以現在你的身分是犯人，不是自由人。犯人就必須服從命令，不能依照自己的判斷行事，直到你重獲自由，明白嗎？」

「我明白了，」法師冷笑道，「這個犯人不惜抗命也要施法幫你們，讓你們的英勇與神聖蒙上一層陰影，這是何等屈辱啊。」

「我……」我不是這個意思——從表情看來，馬奈羅本來想這麼說，但他卻沒有說出口。他可以否認，卻找不到別的解釋。年輕的騎士感到一陣懊惱，他只能告訴自己，如果神殿的默禱者在這裡，他們一定能夠解釋清楚。

馬奈羅畢竟年輕，他還是想在口舌上爭論高低：「這麼說吧，如果你是一個無罪的自由法師，你當然可以施法幫助我們，但你現在有罪在身……」

「我可能無罪嗎？」伯里斯驚訝地發現，自己已經不再流淚了。

說也奇怪，死去的騎士與他素不相識，可是那具亡骸卻在他的腦海中熊熊燃燒，幾乎將他的眼淚燃燒殆盡。

「我可能無罪嗎？」他又重複了一遍，「你見到一個陌生人，並得知他研習死靈學，這時，你就已經將他判罪了。在有的地區，研究毒物學和異界典籍的人也會被一併判罪。不需要法官，不需要高階牧師，甚至不需要任何人的指控，當你看著他的時候，在你眼中的就已經是一個罪人了。騎士大人，你們看不到自由之人，你們只能看到各式各樣的罪人，哪怕是同袍之間也毫不例外。」

「你是什麼意思？」

伯里斯沒有解釋，而是問他：「奧塔羅特會引導人們走向安眠，不讓他們的靈魂困頓在生死的夾縫中，祂對每個人都是如此嗎？對罪人也是一樣嗎？」

馬奈羅提振精神，很高興能向死靈法師傳述教義：「當然。只不過，罪人的靈魂需要在神域中經受清洗和贖罪，然後再回歸吾主的懷抱。」

伯里斯又問：「這個世界上每分每秒都有人死去，其中不得善終的人有那麼多，抱有遺憾的人有那麼多，奧塔羅特需要安撫如此之多的痛苦，難道祂不會疲倦嗎？祂這麼做，對自己有什麼好處？」

馬奈羅一手撫上胸前的聖徽：「吾主行事並非為了好處，而是因為祂在乎。祂在乎每個靈魂的痛苦。」

「你們都認同祂嗎？」

「當然。」騎士驕傲地說，「我們以祂為道標。」

伯里斯靠在欄杆邊，貼近馬奈羅：「祂在乎，你們卻不在乎。你們忤逆了祂，你們不關心別人的痛苦，只在乎自己是否有罪。」

馬奈羅震驚地看著法師，一時啞口無言。這個年輕的法師學徒剛才還只會哭泣和顫抖，為什麼現在卻猶如露出尖牙的毒蛇？

騎士不說話了。他仍然走在囚車旁邊，卻故意移開目光。伯里斯看得出來，他並沒有被說服，而是生氣了。他一定很生氣，誰被這樣指責都不會開心，更何況他還找不到辯解的方法。

奇怪的是，就在這一刻，伯里斯的內心突然一片明澈。

他曾以為自己從此失去了歸屬之地，失去了值得期待的未來，現在看來並非如此。他的退路確實不見了，但他看到了通向前方的道路。

總有一天，你們將只需用雙眼觀望美景，不必時刻審判他人。

總會有這麼一天的。

天色越來越暗，霧氣也越來越濃。馬車正好碾壓過一塊石頭，塔琳娜在顛簸中整個人撲到了伯里斯懷裡。抱住這孩子時，伯里斯嚇了一跳，她身上散發著灼人的熱度，皮膚比伯里斯見過的任何發燒病患都還要滾燙。這種症狀必然是「強制感染」無疑。

魔法擾流正在折磨她、撕扯她，這個過程會讓當事人高燒脫水，嚴重時還會出現皮膚和黏膜出血。「強制感染」的發病速度不一，慢的一兩年，快的也要十幾天，而塔琳娜的病症卻發展得快得離譜，幾乎超過了伯里斯讀過的所有案例。

這樣的惡化速度肯定和煉獄元素有關。據說，煉獄生物與人類術士的施法方式十分相似，二者的強弱都取決於血統，施法方式也都是先感應到元素，然後將其吸納、操縱和釋放。不同的是，煉獄中的某些元素在人間是不存在的，所以煉獄魔法與人類術士的魔法也有很大的區別。

那麼，如果人類術士吸納了煉獄元素又會如何呢？成功者會不會力量大增？失敗者會不會瘋狂而死？

落月山脈的紅禿鷲是這一切的始作俑者嗎？又或者他也只是受害人，其背後還隱藏著更加凶險的東西？

伯里斯讓馬車停了下來。現在塔琳娜需要大量飲水，更需要親人的呼喚與陪伴。在一些案例中，「強制感染」的患者能夠因至親的呼喚而堅定求生意志，與魔法擾流對抗。雖然這不一定能救她，但至少能幫她爭取一點時間。

夏爾和侍女在馬車旁邊，其他人站得很遠，在霧中只剩下隱約的輪廓。侍女小心地將水餵給塔琳娜，夏爾細心地把妹妹座椅上的靠墊拿出去抖了抖，還幫她又拿了一條毯子。

伯里斯忍不住問：「夏爾爵士，看來你很習慣這樣照顧她？」

見習騎士一臉低落：「我們的媽媽在她很小的時候就去世了，而父親與諾拉德忙於政務，平時就只有我和她在一起。我和諾拉德都比她幸福，諾拉德的童年有父母雙親，我的童年有雙親和兄長，而塔琳娜才那麼小就失去了母親，父親也很少親自照顧她，她的童年幾乎只有我。不過說真的，她以前不是這樣的，她只是有點膽小，但從來沒有這麼虛弱過。」

伯里斯站在夏爾身邊，拍了拍他的肩膀以示讚許。相比夏爾，諾拉德似乎就沒有這麼細心了。諾拉德比夏爾大十歲，比塔琳娜大十六歲，他與這對弟妹確實沒什麼共同話題。不過他的興趣好像也不是政務，而是那些與他毫無血緣關係的少男少女。

夏爾靜靜地思考了一會兒，小聲地說：「法師閣下，我想問您一點事情，可能我的想法很傻，請您別取笑我。」

「請說，我很樂意為你解惑。」伯里斯發現自己越來越欣賞這個年輕人了。

「您知道嗎？我母親遇難前也是這樣的，一開始她性情大變，情緒極為不穩定，後來她開始昏厥、高燒，變得根本認不出我們。您說，塔琳娜會不會也……」

伯里斯看著他，又看看馬車裡小女孩，決定實話實說：「夏爾爵士，我不想騙你，塔琳娜的情況確實很危險。你也看得出來，我們這一路看到的東西都非常怪異，這場大霧也並非自然現象。我相信，塔琳娜身上的問題與這些異象有緊密的關聯。」

「您能救她的，對吧？」夏爾飽含期待地問。

伯里斯救過塔琳娜一次，夏爾希望這次也能一切順利。但法師只是憂愁地望著隊伍前進的方向，沒有給出明確的回答。夏爾低下頭，沒有再追問。

這時，侍女捧著小水壺走下馬車，塔琳娜突然站了起來。她扭頭看著某個方向，眼睛瞪得巨大，眼珠似乎追逐著霧中的某種活物。

伯里斯的內心湧起一種不好的預感。他可以暫時將近處的霧氣驅散，但不能維持太長時間，因為不想浪費這個機會，所以他一直沒有施法。現在直覺告訴他，是時候了。

他剛念出第一個字母，一陣狂風卻搶在了他前面。起風就在眨眼之間，連從弱到強的過程都沒有。侍女跌坐在地，騎士們互相撞成一團，馬匹受驚嘶吼，馬車也搖擺亂撞。

伯里斯拚命想站穩，卻被轉著圈的馬車撞了一下，他聽到夏爾大叫著塔琳娜的名字，然後是一串驚慌的腳步聲。

「伯……柯雷夫！」一雙手溫柔地將法師扶起，撥開他的髮絲，用手絹按在他的頭上。

伯里斯這才意識到，自己的額角被馬車撞破了，鮮血正沿著臉頰滴落在袍子上。洛特趕過來把他摟在身邊，關切地看著他。

狂風又突然平息了，濃霧竟絲毫沒有被颳散。伯里斯四下環顧，果然，塔琳娜和夏爾不見了。

他推開洛特的手，朝剛才聽到腳步聲的方向施法。一片霧氣隨著他的手勢被向外推開，露出了大道外的樹林和岔路。

「黑松！」伯里斯大喊，「和我一起驅散霧氣！」說完，他自己又補上了一個類似的法術，濃霧頓時又減少了一部分。

黑松被狂風吹倒在地，才剛剛爬回骨頭椅子裡，便駕著椅子到處亂飛，先後放出了兩個驅霧法術，暫時把濃霧推開了一點。

大路外的土地上到處都是腳印，甚至還散落著一些腐朽的骨肉，像是有一群腐屍曾經匆忙奔過。而他們前方大約一百碼的地方，就是銀隼堡的第一道城牆。

法術的效果持續不了多久。自然的霧氣會聽從施法者的支配，而這濃霧卻像是有生命一樣，剛被撕開的破口很快就再次合攏了。

這時，隊伍末尾爆發出一陣喧嘩。在剛才的混亂中，囚車裡的屍體們撞壞鎖具逃了出來。一名騎士抓住了其中一個，用長矛將它釘在地上。屍體原地掙扎著，四肢徒勞地划動，面部一直朝著西北方向。

經過這一番混亂，遠處城牆上的士兵也看到了大路上的情況。城衛隊派出兩隊士兵前來接應親王，而蘭托親王卻愣愣地站在原地，看著眼前濃厚的大霧。

聽城衛隊說，他們確實看到一群嚇人的傢伙從大路上跑過來。當時已經有點起霧了，他們以為是附近的難民，根本沒看出這是一群墓地裡的屍體。不過，屍體並沒有衝擊銀隼堡的城門，而是分散消失在附近的小路上。

伯里斯想，因為它們要去的不是城市，而是落月山脈。囚車裡的屍體也是，甚至塔琳娜也是一樣。山脈深處有某種力量在支配他們、召喚他們，等著成為他們的主人。

唯一的例外是夏爾爵士，他應該是為了追上妹妹而消失的。但就算他神志清醒，恐怕也很難以一人之力面對山中的未知之物。

蘭托親王漸漸從驚懼中恢復過來，立刻命令在場的騎士們分成幾組，追蹤所有腳印。他正要對長子下令時，伯里斯走了過去，躬了躬身體：「殿下，我和其他施法者也會參與搜索。」

「很好，」親王抹了一把額頭上的汗，「不過你先去擦一擦臉吧，你臉上都是血。」

「我沒事，一點擦傷而已，人的頭皮比較容易出血。」伯里斯故意不擦掉血跡，這些血跡等一會兒也許還有用呢。有些法術需要用到施術者的血，特意割破手指實在太疼了。「殿下，我建議您不要讓諾拉德爵士參與行動。」

「為什麼？」親王問。他身邊的諾拉德眼中閃過一絲感激。

「殿下，您還記得那些死屍刺客想對您做的事嗎？」伯里斯說，「您的出生地在王都，而不在銀隼堡，您在這裡相對安全，可是您的兒女就不一樣了。他們應該都是在本地出生的吧？」

諾拉德不知道這是什麼意思，蘭托親王卻十分清楚。有人想殺他，想讓他死在出生地附近，這樣他就會被變成與那些刺客一樣的東西。保留一定的生前智商，又對新主人絕對服從。

伯里斯接著說：「殿下，某種凶險之物正潛伏於山脈中。對您和我們而言，最壞的結果不過是死亡；而對在本地出生的人們來說，他們有可能會被邪惡的施法者支配。所以我建議讓諾拉德爵士駐留在城中，如果人力足夠的話，我甚至建議您盡量不要派本地出生的士兵參與搜救。」

親王聽取法師的建議，重新整編隊伍。參與行動的士兵們都要報上出生地，距離銀隼堡越遠越好。諾拉德帶著一隊人馬匆匆進了城門，俊俏的臉上掛著鬆了一口氣的表情。

蘭托親王和黑松都對山脈比較熟悉，正對著地圖研究搜索路線。伯里斯在一旁整理魔法物品和藥材，希望萬一遇到危險時能準備得更加充分。

致施法者伯里斯閣下及家屬

如果沒有靈魂不同步的問題，如果施法能力恢復如常，他會安心許多。而現在，他只能寄望於騎士們和黑松。

至於骸骨大君，他的作用也許十分有限，在敵人眾多的情況下，他又不能衝上去把一群人逐個親死……

而這時，骸骨大君正站在一邊，凝望著慢慢合攏的霧氣。

他閉上眼睛，然後再次睜開，眼白瞬間變成空洞的黑色，冰藍色的虹膜被一簇火光替代。

「席格費[1]，回答我。」骸骨大君以意識傳聲，在靜默中探知著造物的所在，「席格費，你在哪裡？快醒過來，回應我。」

奧吉麗婭身負死靈之力，擅長進攻與殺戮，猶如無情的裁決；席格費身負煉獄之力，擅長支配與侵蝕，猶如魔鬼的低語。

煉獄魔法應聲波動，但骸骨大君一直沒有得到準確的回答。

在距離夠近的情況下，他很容易就能找到奧吉麗婭，因為她是一個完整而清醒的個體。而席格費不一樣，他要不是還沒醒過來，就是雖然醒了卻神志不清。

這片土地上流溢出太多力量，無處不在的煉獄元素簡直形成了障眼法，範圍太大，讓他看不見席格費的位置。

1 席格費（Зигфрид）、奧吉麗婭（Одилия）還有還沒出場的奧傑塔（Одета）都是出自於柴可夫斯基的《天鵝湖》，包括「洛特巴爾德（Ротбарт）」也是，而這些名字都是骸骨大君取的。但這些人之間的關係、身分和性格都跟《天鵝湖》裡的角色完全不同，而且毫無關聯，所以席格費也不會是什麼王子。

「席格費，快醒來……」洛特巴爾德繼續默念著，「再繼續下去，你會造出人間不該存在的惡魔，然後你就再也無法醒來了。」

看到塔琳娜衝進濃霧之中，夏爾想也不想就跟了上去。之前塔琳娜連說話的力氣都沒有，現在她的步伐卻快得像小鹿，夏爾一步也不敢放慢，生怕稍有遲疑就會跟丟。

跑了一小段距離後，他聽不見隊伍那邊的動靜了。這場濃霧不僅遮蔽了視野，還隔絕了聲音。但他不願意折返，他不想丟下塔琳娜一個人。

他一路跟著塔琳娜奔跑，攀上丘陵，鑽進樹叢，跨過伏倒的朽木。在霧中很難看清地形，偶爾還會被樹枝擦過身體、刮傷臉頰，他不知道塔琳娜怎麼能跑得如此迅速，她才十三歲，從來沒有學習過戰鬥技巧，而且還身患重病。

不知過了多久，久到連夏爾都開始氣喘吁吁的時候，塔琳娜終於停了下來。她跌坐在地上，左顧右盼，呼吸竟然沒有一絲紊亂。

夏爾趕緊跑上前：「別怕，我帶妳回去……」

塔琳娜困惑地盯著他許久，像暫時忘了他是誰一樣：「夏爾？是你……你怎麼會……難道你和我一樣嗎？」

夏爾根本沒聽懂她想問什麼。他把她背在身上，單手拔出長劍，撥開草叢，試著原路返回。

塔琳娜的體力似乎恢復了一些，話也多了起來。她又重複了一遍剛才的問題：「夏爾，你是不是也和我一樣了？」

「什麼？我不明白……」

「你感覺到了嗎？」

夏爾還是不懂。妹妹抱著他的脖子，歪頭看著他，看了一會兒後，她放心地說：「看來沒有。太好了，你沒生病。你為什麼要跟過來？」

「那妳為什麼要跑？」夏爾說，「我當然要跟過來了，我還能怎麼辦？難道讓妳一個人跑進山裡嗎？」

「我為什麼要跑？奇怪，我也不知道……」塔琳娜的語氣有一種與她年紀不符的憂傷，「也許是因為我病了。夏爾，我得了和媽媽一樣的病。我沒辦法抵抗，它早晚會殺了我的。我會和媽媽一樣瘋掉，一個人孤零零地死在山裡……」

「不會，不會的。」夏爾嘴上安慰著妹妹，心裡卻十分慌張。他在霧中辨認不出方向，完全不知道現在走的路是否正確。

太陽開始落下山頭，濃霧迷濛的山林顯得更加昏暗。塔琳娜趴伏在哥哥的背上無聲地哭泣，眼淚沾濕了夏爾的脖子。夏爾自己也很害怕，他還年輕，雖然身為軍人卻沒有參加過什麼重要的戰鬥。可是他不能表現出畏懼，不然塔琳娜會更加害怕。

又走了一會兒，前方依稀出現了一絲柔和的光亮。夏爾走近一看，發現是一盞掛在樹幹上的提燈。遠處還有許多這樣的提燈，每隔幾步就掛著一盞，在昏暗的樹林中指出一條小路。

「可能是山上的獵人。」夏爾喜出望外，「哪怕是蠻族的帳篷也可以，反正現在我們已經不打仗了，遇到蠻族也比遇到怪物好。」

提燈指引出來的道路十分平坦。沒走多久，一間木製小屋隱約出現在燈火盡頭。

屋子外面，紅色與白色的玫瑰在不屬於它們的季節盛放著，牆壁和木窗上垂掛著許多由獸骨、羽毛和小石頭串成的鍊子，像是某種能驅魔避邪的飾物。屋簷下晾曬著肉乾和草藥，木門中心掛著一隻年幼山羊的頭骨，門縫中還流溢出溫暖的火光。

要繼續在林間摸索，還是要敲門求助？夏爾背著妹妹走了過去，在靠近木門的時候，一陣微風吹過，門「吱呀」一聲自己打開了。

夏爾和塔琳娜緊張地看著屋內，生怕有什麼恐怖的東西會飛撲出來。室內燃燒著爐火，窗臺和桌子上還點了不少蠟燭，一道纖細的背影坐在壁爐前面，慢悠悠地用長柄勺子攪拌著小圓鍋裡的燉菜。

那個人聽到動靜，卻沒有馬上回頭。他緩緩放下勺子，摘掉隔熱用的棉布手套。夏爾發現這個人有一雙骨骼纖細、皮膚細嫩的雙手，這絕對不是獵人的手，甚至大多數法師的手都沒有這麼柔白無瑕。

那個人慢慢轉過身，皮毛斗篷的風帽下露出了一頭朝霞般的紅髮。

「媽媽？」迷迷糊糊的塔琳娜忍不住輕聲呼喚。

紅髮的屋主抿嘴一笑，眼神中還有些難為情：「我可不是妳的媽媽。」

他開口之後，塔琳娜在夏爾背上縮了縮。屋主當然不是她的母親，這是男人的聲音。等他完全轉過身就更加明顯了，他是個年輕的紅髮男子，可能和夏爾年紀相當，但體型比夏爾纖細許多，而且他五官精緻、皮膚白皙，一點也不像會住在這種地方的人。

看著他的背影和紅髮時，也不知怎麼回事，塔琳娜一恍神還以為看到了自己已過世的母親。他的臉型確實有點像兄妹倆的母親，但整體看起來就不那麼像了。

雖然屋內燃燒著溫暖的爐火，但夏爾仍不敢輕易向前。紅髮的貌美少年向前走了幾步：「兩位晚上好。我叫羅賽，也許你們聽過這個名字？」

夏爾想向後退，卻發現雙腿僵硬，一步也動不了。

「如果你們不知道『羅賽』這名字……」少年走到夏爾面前，仰起頭才能直視他，「那你們總該記得『絲妮格』是誰吧？」

他們當然記得，這是他們母親的名字。

夏爾剛想再問些什麼，身後的山林突然傳來一陣窸窸窣窣的聲音。一盞盞提燈照亮了夜霧，霧中有無數人影搖擺著、佝僂著，正緩緩向小屋靠近。它們之中有些形體豐滿，有些則缺失了某部分肢體甚至頭部，還有的只剩下乾枯的骨骼，顯然它們都不是活人。

有幾具屍體走得比別的屍體更快更穩，它們很快地穿過叢林，離開薄霧，站在小木屋的柵欄外。夏爾認得它們，它們就是之前的死屍刺客。

「看來，它們沒能把他帶回來。」名叫「羅賽」的少年嘆了口氣，他所說的「他」顯然不是指任何一具屍體，「算了，就算得到了又能怎麼樣呢……」

他低下頭，聲音越來越小，嘰嘰咕咕地不知道在說些什麼。突然他又抬起頭，看向夏爾背上的塔琳娜。

「孩子，我可以幫妳。」羅賽伸出手，撫去小姑娘的淚痕，夏爾想帶著妹妹躲開，卻無法動彈，「妳和妳的母親一樣，也和我一樣，都具有天生能夠操縱元素的能力。可惜你的哥哥們並沒有遺傳到這種天賦，現在妳一定很痛苦，魔法擾流在妳身上肆虐，隨時可能將妳撕成碎片。妳想恢復健康嗎？妳想活下去嗎？」

小姑娘愣愣地點了點頭，也不知道是聽懂了還是被嚇得說不出話來。

羅賽勾起嘴角，讚賞地看著她：「按理來說，病成妳這樣的術士已經沒救了。但現在情況不同了，我掌握了人間不存在的元素，它治癒了我的痛苦，洗滌了我的靈魂，還向我輸送著源源不絕的偉大力量——」他走到夏爾身邊，對塔琳娜伸出手，「來吧，跟我到屋子裡來。只要妳走進來，痛苦就會立刻緩解，以後我還會繼續教導妳，幫妳徹底擺脫這種折磨。」

夏爾無法動彈，但塔琳娜卻行動自如。她在羅賽的幫助下遲疑地爬下夏爾的背，不時望著霧中的屍體，眼中充滿懼色。

羅賽把她攙扶進屋內，剛要關門，塔琳娜卻撲上去阻止了他：「等等！你……你要幹什麼？」

「小姑娘，」羅賽對她溫柔一笑，「我能救妳，但只能救妳一個人。妳看外面那些傀儡，它們就像軍隊一樣。妳的父親也有軍隊，他是不是要讓軍隊定期演練？是不是要向軍人分派糧餉？對於這些屍體也是一樣的，異界元素讓它們渴望著暴力和鮮血，既然它們服從我的命令集結於此，我就必須給它們獎勵，稍微滿足它們的渴望。」

他對著塔琳娜說話，目光卻看向夏爾：「孩子，只要妳跟我來，我會像愛絲妮格一樣愛妳。我會幫妳調養身體，讓妳恢復健康，再教妳操控元素。將來妳就不再是柔弱的小女孩了，妳會成為比我更優秀的施法者。如果妳不喜歡這種深山老林的生活，妳也可以回銀隼堡，那時妳就是銀隼堡唯一的女主人。」

「那……夏爾呢？」塔琳娜緊緊抓住木門。

「他必須留在外面。」羅賽冷冷地說，「我也曾有過感情深厚的血親，我能明白妳的心情。但是，不管你們有多親密，我也只要妳。如果妳想活下去，就必須讓他留在外面。」

塔琳娜還沒回答，夏爾先說話了：「你剛才說的都是真的嗎？你真的……能救塔琳娜？」

羅賽挑釁地看著他：「我說的話句句屬實。其實我完全可以把你們兩個人都殺掉，在這麼巨大的實力差距之下，我為什麼要騙你呢？」

夏爾垂下目光，看向門邊的塔琳娜。她也看著他，布滿血絲的眼睛裡含著淚花。

「塔琳娜，跟他進去吧。」夏爾說。

他用了很大的力氣才讓手裡的劍動了動，假裝自己還能戰鬥。

「跟他進去吧，我不怕那些屍體。我是軍人，妳應該知道我有多厲害。再說了，就算它們數量龐大，我打不過，至少我還可以逃跑。我可以先幹掉幾個屍體，逃出去找更多人來……」

塔琳娜搖搖頭，抹了把眼淚，放開木門，搖搖晃晃地站到門外，依靠在哥哥手邊。

羅賽不耐煩地瞇起眼睛：「小姑娘，我說過了，我只要妳一個人。」

「那……那我不活了不行嗎？」塔琳娜抽泣著，「反正我早就覺得自己會死，我從小就這麼覺得。我不夠強壯，也不夠漂亮，我腦子很笨，身體很差，還被榴槤扎暈，昨天我還覺得自己馬上就要死了。反正死掉是早晚的事，沒關係，你不需要救我了，就讓我和夏爾都死在外面，餵飽你的軍隊好了……」

「塔琳娜！」夏爾又急又難過。

女孩看了一眼霧中的行屍，又抬起頭看向夏爾：「雖然那時候我還小，但我記得很清楚，媽媽曾經對我們說過……」

夏爾恍惚地接上了她的話：「她說，我們兄妹幾個人要永遠在一起。」

塔琳娜堅定地點點頭：「只要活著，就要永遠在一起。」

門內突然傳來「嘩啦」一聲。羅賽面色蒼白地向後退了幾步，後腰撞到桌角，桌上的水杯順勢摔碎在地上，蠟燭也差點翻倒。

兄妹倆畏懼而疑惑地看著他。這個惡毒的紅髮男子為什麼突然一臉驚惶？

這時，林中突然爆出一片白光。它明亮卻不刺眼，如滿月的光輝般穿透了黑暗。同時，一陣不帶溫度的風撕開了濃霧，在小屋附近清出了一塊空氣透澈的區域。集結於此的屍體們變得躁動不安，有些跑向樹林深處，有些則本能地迎擊出現的敵人。

遠處傳來馬蹄聲、嘶吼聲、隱約的念咒聲還有零星幾聲慘叫。慘叫聲非常耳熟，應該是那個臉色蒼白的精靈。

夏爾身上的束縛突然消失了。他把塔琳娜摟在身邊，提劍衝進屋內。然而屋內卻空無一人，紅髮男子已經消失得無影無蹤。

「夏爾爵士，塔琳娜小姐！」伯里斯滿臉滿手都是鮮血地跑了進來，身邊跟著洛特。

「您……您怎麼了？」塔琳娜被他的臉嚇了一跳。

「哦，我沒事。」法師和她保持了一段距離，「之前被馬車撞到了，人的頭皮比較容易出血，看起來有點嚇人，其實傷口很小。」

說著，他抹了一點快要乾掉的血汙，把手指伸進一個小錫盒裡。血和指尖的膏油融合在一起後，他舉起手，在空氣中比劃了幾個看不見的符文。

「紅禿鷲跑了，還跑得挺遠。」法師搖搖頭，「對一個術士來說，他的反應算是十分罕見。」

「紅禿鷲？」夏爾和塔琳娜彼此對視。

伯里斯皺眉：「怎麼？你們遇到的難道不是他？」

塔琳娜年紀雖小，也知道就是這個人詛咒自己被榴槤扎死。但是，有件事是她和夏爾都不知道的：「法師閣下，那個紅禿鷲……他叫什麼名字？」

伯里斯也不知道。但在打聽小道消息、掌握細節等各方面上，洛特卻十分擅長：「我知道。紅禿鷲叫『羅賽・格林』。」

與此同時，羅賽・格林從傳送法術的眩暈中回過神，跌倒在漆黑小巷內。

我們會永遠在一起。

只要活著，就要永遠在一起。

他跪在地上，抱緊雙肩顫抖哭泣，不斷重複呢喃著這兩句話。

致施法者
To Burris the Spellcaster and His Family Dependent
伯里斯閣下及家屬

Chapter 02

領地騎士們包圍了木屋，伯里斯和黑松兩個法師在屋內外到處檢查。黑松嫌棄地看著滿臉鮮血的「年輕法師」，伯里斯也對黑松剛才慘叫著施法的行為唉聲嘆氣。

「你真不愧是……」精靈嘟囔著。

伯里斯問：「不愧是什麼？」

「真不愧是伯里斯導師的……呃，我能直接說嗎？」黑松正用一支類似放大鏡的東西照著花叢，等待觀測結果，「你和他有血緣關係，我早就看出來了。你很像他，各方面都很像。比如慢悠悠的個性，相當隨便的審美，還有那種非常柔弱的氣質。」

原來這就是學徒對我的印象嗎？伯里斯忍不住追問：「你一直是這樣看待他的？」

「可不是嗎？」黑松說，「當然，我知道導師很了不起，他的知識儲備極高，施法能力更是厲害，但他特別地……唉，該怎麼說呢？他特別缺乏威嚴。小法師，你見過奧法聯合會的現任議長嗎？你年紀這麼小，我估計你沒見過她。她是個特別有威嚴的人類，別看她是個瘦巴巴的老太太，但只要她站在你面前，你就會忍不住向她低頭。」

黑松說的是德洛麗特，她和伯里斯在同一個實驗室裡工作過。那時，奧法聯合會的議長是伯里斯。

果然，黑松馬上就說到這件事了：「在她之前，伯里斯導師也當過議長。這你總該知道吧？他六十歲左右就卸任了，是他主動放棄連任。你看，我們的導師是個偉大的人，可是他一點偉人的氣質都沒有。不是我要說他壞話，是他實在太不講究了，連王都真理塔的那些書呆子都比他有氣勢。他看起來和郵局裡代替別人寫信的老頭差不多。」

「他只是比較務實……」伯里斯沒見過郵局裡代替別人寫信的老頭，不知道那些老頭到底是什麼模樣，也不知道黑松這些話到底是在誇他還是罵他。

「我就說你像他吧。」黑松光顧著說話，接下來的偵測法術基本都是伯里斯在處理，「你的思維方式也很像他。比如說，我問你一件事——」

「什麼事？」

「伯里斯導師的塔叫什麼名字？」

伯里斯一愣：「那個塔還有名字？」

「回答不出來吧？我們的導師，竟然從來沒有幫塔取過名字！你看，薩戈王都的公務法師塔名為『真理』；昆緹利亞有個精靈大法師，他的居所叫『海淵之塔』；希爾達教院的三座高塔分別叫『白晝』、『永夜』和『森靈』，用來向三善神致敬；五塔半島的研修院也有幾座塔，他們的命名就比較隨意了，就叫第一研修塔、第二研修塔等等。不管怎麼說，它們都有名字。而我們的導師呢？他的塔根本沒有名字！」

伯里斯從未思考過類似的問題，今天黑松一說，他感到非常無法理解：「那個塔它……它就叫『伯里斯的塔』啊。公務機構和教學機構當然需要名字，私人領域為什麼還要取名字？難道大家也會幫自己的家取名字嗎？不叫『某某的家』，而叫『綠松石之二層小木屋』？」

黑松望著天空，美滋滋地幻想著：「法師塔就是要有名字。將來如果我有了自己的塔，我要把塔身刷成骨白色，還要畫上一些紋路，模仿骨頭的質感，塔頂要有一個白龍的首級……呃，真的首級就算了，我可以讓人用石膏雕刻一個。我要叫它『蒼白之塔』，算是致敬『冰原白塔』……」

「不要這樣。」聽到那個詞，伯里斯語氣冰冷地打斷他，「你知道冰原白塔代表什麼嗎？」

黑松滿不在乎地看向小法師：「我當然知道。關於伊里爾的書有很多，我們的導師也提起過他。」

「那你就應該知道，冰原白塔並不是什麼好地方，它不值得被懷念。」

「也許吧，我沒去過。」黑松聳聳肩，「畢竟伊里爾很有名。他統治著寒霜平原，那邊的野人和死靈法師都對他俯首稱臣，北星之城的騎士團派了好幾個小隊去殺他，最後卻幾乎全軍覆沒。你知道嗎？這件事發生的時候我還在艾魯本森林裡配健康藥水呢，光是聽到那些傳說就讓我渾身顫抖。導師有沒有跟你說過？他見過伊里爾，他還和騎士團一起對付過他……」

黑松說到最後一句話時，伯里斯猛然站起身，精靈下意識地向後退了一步。他不明白小法師為什麼突然平靜而冰冷地看著他，那目光刺得他心口一涼。

「如果你記得導師是怎麼說的，」伯里斯緩緩開口，「那麼你也應該記得，伊里爾是瘋狂的暴君，而不是死靈法師的偶像。寒霜平原上的遊牧民族是他的虜獲物，流離失所的死靈法師是他的奴隸，北星之城騎士團中戰死的那些人，並沒有得到仁慈的死亡。」

黑松又想說什麼，但伯里斯沒有給他開口的機會：「你能理解什麼是『虜獲物』，什麼是『奴隸』，什麼是『不得善終』嗎？那可不是主人邪惡地笑了笑，別人隨便跪著抖一抖而已。你見過戰爭，但你見過俘虜中的體弱者被當場絞成肉泥，餵給異界巨獸嗎？你見過人被活生生地剝皮割肉做成骷髏武者嗎？當伊里爾征服一個地區後，你知道他會先做什麼嗎？

「他會殺光所有強壯的勞力，把他們全部變成不死生物。不死生物更忠誠，而且不知勞苦。女人和孩子也許能活下來，但這並不是因為伊里爾仁慈，他需要女人的子宮當做培養皿，為他誕育各種實驗生物。而小孩是母親的軟肋，為了孩子，那些女人不敢自戕，只能忍受著這種生不如死的痛苦。至於冰原上的其他死靈法師，你覺得『服從』意味著什麼？意味著諂媚地叫他一聲『偉大的法師』而已嗎？不，那意味著你的生命攥在他的手裡，他隨時可以撕碎你的身體乃至靈魂。」

黑松聽得不寒而慄，呆呆地看著小法師，一時沒辦法作出回應。

伯里斯深呼吸了幾下，語氣稍微緩和：「歷史上有不少法師會為野心、為知識而做出很可怕的事，這都很正常。但伊里爾不一樣，他不追求任何東西，他只是在享受。你能明白嗎？他在享受殘酷本身。我……我們的導師應該告訴過你，伊里爾不是什麼英傑，反而是吾輩中的恥辱。冰原白塔不只是一個黑暗的符號，它代表著千萬條生命的隕落，代表著至今仍無法安眠的無數靈魂。」

「呃……我知道了……」黑松不安地捏著自己的衣袍，彷彿回到了第一次見伯里斯的時候。

那是很多年前，他已經掌握了不少法術，便來到伯里斯的高塔尋求深造。初見之時，他對旁人傲慢戲謔的態度引起了伯里斯的不悅。那是伯里斯第一次對他發火，也是僅有的一次。

伯里斯禁止他使用浮碟，壓制了他的施法能力，強迫他每天徒步上下高塔，還讓他睡在地下的實驗室裡，負責照顧各種腐敗的屍體。黑松以失去魔法的狀態掙扎了好幾週之後，灰溜溜地主動找被他諷刺和嚇唬過的僕人道歉，伯里斯這才解除了對他的懲戒。

現在黑松也很想道歉，發自靈魂地想要道歉。可是話到嘴邊，他又說不出口了。畢竟眼前站著的不是導師，只是學徒柯雷夫。

就算柯雷夫是導師的親兒子，就算他說得對，就算他各方面都很像導師，但他始終只是「年輕的人類學徒」。黑松自知說錯話，又不想對一個人類學徒低聲下氣。

「抱歉，是我太激動了。」這時，伯里斯反而先道歉了，剛剛抬起的氣勢又弱了下去，「我認識一些北方的朋友，所以對這些瞭解得比較多，比導師告訴我的還要多。你一提起那座塔，我的心裡真的很難受。」

黑松也趕緊說：「沒事沒事，是我說話不經大腦。那個，接下來呢？這間房子好像沒問題了，沒有危險。」

黑松匆忙地走開，心中萬分慶幸：幸好小法師個性溫和，幸好導師不在現場。要是被導師聽到我提起冰原白塔，他肯定又會讓我以失去魔法的狀態去打掃高塔。

確認木屋安全後，兩個法師就讓夏爾兄妹進去休息了。術士不喜歡魔法陷阱，對普通人來說，術士的小屋比法師的住處安全許多。屋裡唯一的預置法術是安撫類型，術士用它來舒緩被元素衝擊的身體，它對塔琳娜的病情有一定的緩解作用。

在這個過程中，洛特意外地沒有參與任何討論。他站在蘭托親王身邊，兩個人似乎在低聲商量著什麼。

蘭托親王的臉色蒼白得堪比黑松。與洛特交談時，他一直盯著屋外籬笆裡的花叢，自始至終都沒有踏進小屋半步。

「法師黑松閣下，請過來一下。」過了一會兒，親王喊道，「我需要你回到銀隼堡。」黑松立刻像忠實的老朋友一樣站到了親王身邊。他早就想回城市了，只是不想主動說出來。

洛特走到精靈面前：「你見過紅禿鷲，對吧？」

「是見過……」黑松很緊張。這個「遠古亡靈惡魔龍」光是盯著他就讓他脊背發涼。

「如果與他發生衝突，你能戰勝他嗎？」

黑松撇撇嘴：「能。術士嘛，就是個縱火犯而已。」反正「遠古亡靈惡魔龍」不是真正的術士，這句話並不會冒犯到他。

「現在的紅禿鷲不一樣了。」洛特提醒他，「他的外表變年輕，而且很有可能掌握了一些不屬於這個世界的力量，已經不僅僅是縱火犯了。」

「不管他有什麼力量，他的進攻思路都不會改變。我和他共事過。」

「好。」不知什麼時候，洛特竟然變成了發號施令的人，「術士紅禿鷲剛才還在這裡，我們出現的時候，他逃走了，現在他有可能在銀隼堡內。親王的長子諾拉德有危險，你必須回去找到他。」

這時，一直神情恍惚的蘭托親王說：「我和法師一起回去……我也得回去。」

洛特按住他的肩膀：「算了吧，殿下。紅禿鷲最恨的就是你，萬一你遇到他怎麼辦？」

蘭托親王看向屋內驚魂未定的兒女，搖了搖頭：「見到他更好，也許我應該和他好好談談。夏爾留在這裡陪塔琳娜好好休息，法師們說這間屋子對她的病情有好處。我帶一半的人回城，其他士兵留下來保護夏爾和塔琳娜。夏爾，這些人就交給你指揮了。」

夏爾遠望著父親，鄭重地點了點頭。親王自言自語著：「你們留在這裡反而比較安全。那些屍體可能畏懼紅禿鷲，所以不敢進他的屋子。」

伯里斯站在一旁，心中充滿疑惑，又不方便當面詢問。親王和黑松都消失在山林之後，他把洛特叫到院子外，走到讓屋內的人聽不清談話的距離。

「大人，剛才您說紅禿鷲最恨蘭托親王？」法師問，「他們之間的恩怨應該不只有榴槤吧？」

洛特的眼睛發亮：「你知道嗎？親王向我坦白了一個大祕密！」

「為什麼他會向您坦白祕密？」伯里斯身上泛起一陣雞皮疙瘩，骸骨大君該不會是吻了親王吧……

「先說清楚，我沒親他。」洛特一眼看穿了伯里斯的擔憂，「還記得我曾經說過的那個理論嗎？『人在磨難之後都需要傾訴』，蘭托親王也一樣。到了這種地步，他最需要的就是有人循循善誘地挖掘他內心的祕密，你越是誠懇，他就釋放得越舒暢。」

伯里斯看了一眼小屋：「之前我有個猜測。紅禿鷲——也就是羅賽．格林，他和已故的王妃殿下是不是有血緣關係？」

「真聰明，不愧是我的法師。」洛特也望向屋前的玫瑰花叢，「羅賽和絲妮格是兄妹。在認識蘭托親王之前，這裡是他們的家。」

初冬的清晨，母親將羅賽和絲妮格叫到床前。

「我可能沒辦法陪你們度過下一個冬至節了。」她的聲音微弱得幾乎聽不清楚，「我很快就要到你們的父親身邊去了，等我離開後，你們要彼此依靠，有難同當。」

羅賽拉著母親的手，摟著妹妹的肩膀：「嗯，我們會永遠在一起。」

絲妮格也紅著眼眶說：「只要活著，我們就要永遠在一起。」

母親虛弱地笑了：「不，你們總有一天會離開彼此，你們總會有各自的人生，所以這種離別並不悲傷。就算走向不同的道路，你們也永遠是血脈相連的至親。」

當冬天第一場雪落下的時候，母親永遠離開了他們。兄妹倆把她葬在了她最喜歡的白楊樹下。

冬至節，羅賽要去銀隼堡的慶典上表演戲法。人們沉醉在歡之慶中，他卻無心享樂，只能強顏歡笑。

絲妮格羨慕地看著哥哥：「如果我也有這種天賦就好了，我也想變出發光的金樹。如果我能幫忙，羅賽你就輕鬆多了。」

大雪紛飛的那幾天，兄妹倆沒有出門。羅賽試著把自己掌握的戲法教給絲妮格，試著讓她聆聽空氣中諸多元素的嘈雜之音。可是絲妮格卻怎麼也學不會。

冬去春來，落月山脈中年復一年，羅賽的戲法也不斷精進。幾年後，他不僅能表演幻術，還能將這種神祕技法用在狩獵上。他能消除自己的腳步聲，遠距離催眠獵物，然後走過去輕鬆地將其捕殺。

在一個初夏的傍晚，羅賽在山路上遇到了一位棕色皮膚的老人。附近的山民都知道，這種外表的人都來自山脈另一側，薩戈的《地理志》將他們稱為「西荒人」，普通民眾乾脆就稱他們為「蠻族」。

蠻族老人會說流利的通用語。他說山的另一邊遭遇了天災，獵物缺稀，所以他冒險翻過猶如天塹的山脊，來到這邊打獵碰碰運氣。他留意羅賽很久了，因為羅賽和他一樣，身上流淌著能操控元素的力量。

老人說，其實你比我更有術士的天賦，我只不過比你稍有經驗而已。我把控制力量的訣竅教給你之後，將來你就可以自己摸索著繼續前進了。

就這樣，老人成為了羅賽的臨時導師。羅賽的進步可謂神速，短短幾個月後，他的施法能力幾乎超過了老人。入冬之前，老人辭別了年輕的術士，回到山脈的另一邊。

聽說今年冬天會格外寒冷，羅賽和絲妮格把大量肉乾和蔬菜囤積在地窖裡，以減少冬天出門的次數。

一天夜裡，兄妹倆被急促的敲門聲吵醒。外面的人高喊著：「請幫幫我！我是銀隼堡的騎士，不是壞人！」

打開門，外面果然站著一名騎士。他身材高大，面容英俊，淺金色的頭髮映著月光，肩甲上落著細細的雪花。

兄妹二人讓騎士進來取暖，三人圍著爐子聊了起來。騎士向他們講述了自己的遭遇：他和戰友們例行巡邏，因為大雪而耽誤了歸隊時間，天色越來越黑，他們不巧走進了森林深處，還遇到了帶著幼獸的棕熊。一片混亂中，他和隊友失散了，如果不是看到小屋裡的火光，他可能就要凍死在山林之中。

第二天一早，騎士離開了他們的家。羅賽充當嚮導，將他平安地送回了大路上。

致施法者伯里斯閣下及家屬

幾天後，騎士又回來了。這次他沒有迷路，他是專程來感謝這對兄妹的。他的屬下拉著騾車，車裡都是禮物。綢緞內襯的保暖衣物、彩色的編織毯子、這個季節十分少見的水果等等，全都是一般農戶獵戶買不起的東西。除此以外，他還帶了幾樣令絲妮格開心的東西：護膚香膏、花瓣肥皂、鑲著寶石的胸針與項鍊，還有薔薇色的連身長裙。每樣東西都十分精緻，絲妮格簡直不知道該先看哪一樣。

騎士並沒有忽視羅賽，他送羅賽一套精緻的弓箭，還有一雙柔軟的羊皮手套。他對羅賽說：「聽說你是獵人，所以你應該用得到弓箭。至於手套，我發現你的手很漂亮，甚至比你妹妹的手還要細緻修長，這樣的一雙手不應該因為狩獵而暴露在嚴寒中。」

羅賽沒有接下弓箭，只是高興地戴上軟皮手套。它的黑色軟皮革上裝飾著細細的銀色線條，剪裁完全貼合雙手，輕薄且保暖，絲毫不影響手指的動作。

他告訴騎士，自己根本不會舞刀弄劍，打獵依靠的是別的能力。這一天天氣不錯，於是羅賽把騎士帶到附近的林間，向他展示了自己的天賦。

騎士十分驚訝，他在讀書時學過關於術士的事蹟，卻沒想到能在這裡遇到一位。他立即邀請羅賽到銀隼堡，也許領主會需要施法者的幫助。羅賽沒有答應他，只同意會慢慢考慮。

其實羅賽很想和騎士走。他嚮往繁華的城市，也希望自己能輔佐這位風度翩翩的騎士。想到這裡，他卻不敢再想下去了。他害怕自己不能適應新的生活，而且他答應過母親，要好好照顧絲妮格。

從此以後，騎士經常來探望這對兄妹，每次都會停留一段時間，短則幾個小時，長則留宿一晚，而且每次都會帶著禮物。春天來臨，騎士會和羅賽一起去山中狩獵，絲妮格則會用他們捕獲的獵物做一桌美味佳餚；盛夏時節，他們三人一起坐在小溪旁的石頭上，把腳浸入清涼的溪水中。

小屋前的籬笆裡種了很多花，其中開得最美的就是玫瑰。白玫瑰如初雪般純淨耀眼，紅玫瑰如美人的朱唇般嬌豔欲滴。騎士忍不住對兄妹倆感嘆道：紅玫瑰是你們的髮色，而白玫瑰就像你們善良的心靈。

相識的第二年秋天，羅賽終於被騎士說服，跟著他去了銀隼堡。這時羅賽才知道，這個騎士根本不是普通的軍人，他是當今領主的長子、薩戈國王的侄子。

又一個冬至節來臨，羅賽黯然地離開了城市。原本他得到一個小小的官職，但他太久沒有在人群中生活了，他總是和一切格格不入。一開始人們十分喜歡他，畢竟他有一張漂亮臉孔，言談也新鮮有趣。可是日子久了，矛盾總會爆發。

貴族與領地騎士們越來越厭惡他，並開始質疑他來到此地的目的。他們懷疑羅賽的身分，認為他的出現非常可疑，並指責他對領主的家庭另有圖謀。那些人越發排斥他，他也越發無法忍受銀隼堡。

回到家之後，他看到了妹妹因思念而哭紅的眼眶。羅賽心痛地抱住她說，對不起，我不應該離開妳。我們要永遠在一起。

仲春百花盛開之時，領主之子又來到了小屋前。這次他卸去盔甲，身穿華服，只帶了幾個私人侍從。

兄妹倆以為這位老朋友又要慷慨地送禮，可是今天的禮物有些不同。今天的禮物是專門送給絲妮格的。

侍女向她呈上一套純白色鑲嵌著珍珠與水晶的禮服，以及一個小巧的絨布首飾盒。絲妮格打開盒子，白金戒指上的鑽石光彩映入了她的雙眼。

羅賽愣愣地站在門邊，看著妹妹撲進領主之子的懷抱。她的眼角閃爍著幸福的淚水，比禮服上的珍珠還要更加美麗動人。

很快，銀隼堡內舉行了盛大的婚禮。領主之子的妻子雖然出身卑微，卻以驚人的美貌征服了所有見過她的人。

新娘的哥哥並沒有出現在婚禮上。羅賽想去，可是領主之子卻告訴他：你最好不要出現，作為補償，我們可以私下多喝兩杯。因為貴族和騎士團都很討厭那個「神經兮兮的術士」，如果他們知道絲妮格是術士的妹妹，他們肯定會反對和質疑她。

領主之子與親信們花了一點時間，幫絲妮格偽造了完美的出身。現在她有了新的姓氏，出自一個隕落多年的英雄騎士家族。有兩個年老的女牧師可以證明她確實是那個家族的遺孤。

「羅賽，從此以後，你不能再自稱是絲妮格的哥哥。領主夫人必須有體面的身分，孤兒也好過術士的妹妹，起碼孤兒身世清白，還能讓人同情。你最多只能當她的遠親……或者，最好只當同鄉。」

羅賽同意了。

又是幾年過去，「騎士」已經成為了真正的領主。隨著薩戈的新王即位，現在這位新任領主也被稱為蘭托親王。

每當山脈裡有風吹草動，或者領地邊境有紛爭動盪，羅賽就會趕回親王身邊。待事件被完美解決後，孤僻怪異的術士就又會消失在山林間。

絲妮格很久沒有回到山林裡了。現在她是眾人愛戴的親王王妃，並且已經懷有身孕。也許，她再也不會回來了。沒人知道王妃有個哥哥，也沒有人認為親王會把術士當成摯友。

小屋外的玫瑰花仍年復一年地盛放，冬夜中卻再也沒有人陪伴在羅賽身邊。

又一年初雪時節，銀隼堡舉辦了慶典，慶祝王妃的第一個兒子降生。

山林間的小屋裡，爐子在半夜熄滅了，羅賽用魔法再次點燃爐火，空氣卻依舊像母親死去時一樣寒冷。

「我們會永遠在一起。」

致施法者伯里斯閣下及家屬

「只要活著，我們就要永遠在一起。」

可事到如今，你們全都離開了我，全都背叛了我。

我不敢去愛的人和我發誓要深愛的人，一起拋棄了我。

「你沒事吧？」諾拉德滿臉擔憂，在懷中的人眼前打了幾個響指，「你醒著嗎？奇怪，這是怎麼了？」

在父親和法師的建議下，諾拉德帶著一隊騎士回到城市裡。城裡的霧也很濃厚，但身在城中總是多一點安全感。

不過，身為親王的長子，諾拉德不能表現得膽小怕事。即使回到城市中，他也要拿出長子的氣勢來。他讓騎士們重新排班，分成幾組在城裡來回巡視，這樣一來，居民們會得到安撫，騎士們也不會覺得他是躲回來避難的。

在一隊騎士的跟隨下，諾拉德也親自上街參與巡邏。路過一條小巷時，他隱隱約約聽到了啜泣聲。

一個紅色頭髮的身影蜷縮在小巷中，單薄的肩膀輕輕顫抖著。諾拉德走過去抱起他，暗暗吃了一驚——這竟然是一名面容極為精緻美麗的少年！他朝霞般的紅髮沾染著泥土，迷離的雙眼中含著晶瑩的淚水，蒼白的小臉上掛著令人心疼的擦傷。

總之，他看起來很不舒服，也許是被什麼東西嚇壞了，也可能是因為這場可怕的大霧。

他怎麼會如此憔悴悲傷？他怎麼能穿著粗布衣服倒在昏暗的小巷裡？像他這樣的小美人，應該穿著絲綢禮服躺在天鵝絨軟榻上才對！

諾拉德越想越心疼，越想越蕩漾。他親自抱起貌美少年，命令騎士們叫來馬車，以幫助傷患的名義趕回了領主府邸。

致施法者
To Burris the Spellcaster and His Family Dependent
伯里斯閣下及家屬

Chapter 03

「這麼說，紅禿鷲變年輕了？」伯里斯問。

洛特在前面撥開雜草和樹枝，伯里斯點著小光球跟在他身後。幾分鐘前，在洛特的建議下，他們離開了木屋，向著山林更深處走去。

「是啊，他似乎變回了十八十九歲的模樣。」洛特說，「來的路上，我和幾個騎士聊天，他們見過的紅禿鷲是個中年人，瘦小而醜陋，比同齡人蒼老很多。據說他的頭頂全禿了，『禿域』邊緣只有一圈紅髮固執地飄逸著。」

「禿域？」伯里斯嘴角一抽。

「噢，這是我發明的詞，指『被動漸進式的禿頭淪陷區』，主動剃禿的那種不算。比如說，你八十幾歲的禿域超過了很多老頭……」

「大人，我們在聊紅禿鷲。」伯里斯心有戚戚焉地摸了摸頭頂，濃密柔軟的頭髮真讓人有安全感。

洛特這次難得地沒有堅持偏離話題：「對，關於紅禿鷲，剛才我和蘭托親王聊了一下，又聽那對兄妹描述了他們的遭遇，他們遇到的應該就是紅禿鷲本人，而不是什麼親戚或後代。是異界元素改變了他，把他變回了過去的狀態。」

伯里斯感嘆：「就像您對我做的一樣，畢竟人間不存在這種力量。」

洛特點頭：「所以說，濃霧與煉獄元素的源頭並不是紅禿鷲，而是別的東西。塔琳娜的失控、紅禿鷲的力量波動與外表變化，都與那個東西有關。」

「您知道是什麼東西嗎？」伯里斯問。

「我有一個猜測，但不一定對，等我們找到他就能確定了。」洛特每走一段路就要停下來閉上眼睛，似乎是在定位目標，「目前我能確定的，是這裡出現的並不是我以為的位面薄點，而是一種煉獄元素構成的古老生物。你不用擔心，他不是魔鬼，也不會搞什麼大屠殺，唯一需要擔心的，是他的力量流溢得到處都是，對人類術士造成了極大的影響，而且這種影響還會繼續擴大。」

伯里斯思索著：「煉獄生物……我明白了。成熟的術士能免疫魔法擾流，但只限於人間存在的擾流元素；現在煉獄元素出現，紅禿鷲和塔琳娜都被『強制感染』影響了。紅禿鷲有施法基礎，所以他能慢慢和煉獄之力共存，甚至借機變強；而塔琳娜尚未覺醒，於是就被摧殘得越發病弱。」

「是的，那個王妃可能也是這樣。」洛特說，「她哥哥是術士，可是她一直都沒學會施法，這說明她體內的術士能力相當微弱。正常情況下，她的術士能力可能一輩子都不會覺醒。後來她突然遭受『強制感染』也是因為煉獄元素，而不是普通的魔法擾流。」

「這麼說，這股力量盤踞在落月山脈很久了，畢竟王妃很多年前就去世了。」

「是的，紅禿鷲的精神失常也和這些有關。因為銀隼堡的人不喜歡他，所以大家都覺得他瘋了只是他自己的問題，沒有人察覺背後有其他隱患。」

「我們必須快點找到煉獄元素的源頭。」伯里斯說，「再這麼下去，那些屍體和紅禿鷲說不定會變成什麼可怕的東西……」

洛特走在前面，背對著伯里斯露出一個自豪的笑容——不愧是我的法師，不用我多說就能明白事情的重點。

「是的，我們得快點。」他又一次站定，閉眼定位目標，「紅禿鷲因為煉獄元素而得到了操縱屍體的能力，然後借此想……我也不確定他到底想幹嘛，無非是報復蘭托親王、報復銀隼堡之類的，反正他就是想做點壞事。可是他畢竟不是力量真正的主人，這些被喚起的屍體也沒有那麼好控制，它們吸取了霧中的煉獄元素，不斷變異，最終，它們會成為真正的煉獄生物。那時它們就不再是『死屍』，你們死靈法師的操控術也就沒用了。」

大君說得沒錯。死靈法術和煉獄魔法都能操控屍體，某些時候，兩者的效果看起來有點相似，但畢竟這是完全不同的兩種力量。根據記載，煉獄魔法會將亡者轉化為另一種生命。

遠古時期，煉獄的君主們經常這樣對待其他生物——先在戰爭中殺死敵人，然後轉化他們，把他們變成屬於煉獄的異怪和惡魔。如此一來，魔鬼大軍的數量不斷增加，如山洪般向人間和神域傾洩，最後諸神不得不切斷這幾個位面之間的聯繫，讓它們永遠彼此流放、彼此隔離。

那時人類的文明還相當年輕，法術也尚未形成體系，不然，也許強大的死靈系施法者可以試著與惡魔爭奪屍體。

遠古的煉獄君主可以掌控「新生命」，而身為人類的紅禿鷲顯然不能。

煉獄元素對他與對屍體一視同仁，繼續發展下去，他很可能會無法承受擾流而死去。因為他生前吸取了大量的煉獄元素，他死後會覺醒為一個充盈著力量的軀殼，變成誰也無法預料的怪物。如果屍體們也完成轉化，那麼煉獄生物將會重回人世，在銀隼堡掀起一場出於本能的屠殺。

伯里斯想著，如果真的到了那一步，也許他可以在紅禿鷲死後試著先控制他的屍體……不，以他現在的施法能力可能做不到，而且他也不能指望黑松。

不過黑松倒是可以做一件事：萬不得已時，操控銀隼堡內所有剛死去的屍體，早點拿到控制權，不讓它們被煉獄元素占領。

看著前面骸骨大君的背影，伯里斯又冒出一個念頭：我何必這麼悲觀？我們這邊有個半神在啊。

大君身上集合了神聖、死靈和煉獄三種力量，就算紅禿鷲覺醒為前所未有的怪物，骸骨大君也完全可以對付它。比如……衝上去，用嘴把它親死？

「你怎麼了？不舒服？」洛特察覺到伯里斯腳步踉蹌，趕緊回過頭。

伯里斯愧疚地低下頭，捏了捏眉心：「不，我沒事，我在想事情。剛才我們趕跑了很多屍體，它們到底想去哪裡……」

「它們和我們目的一致。」洛特說，「它們也想找那個力量之源，離得越近，它們就能吸到更多養分。」

說著，他指了指前面。伯里斯驅使小光球飄過去，照亮了霧中的一群活屍。屍體發現了光亮，搖搖晃晃地向他們走了過來。

「這些就交給我。」洛特擋在伯里斯面前，「你千萬別靠近，別往前走，等一會兒我再告訴你為什麼。」

「我……」

「不用你施法幫忙，別靠近。如果需要的話……可以閉上眼睛。」

伯里斯聽話地守在一棵老樹邊，內心極為不安。閉眼？為什麼要閉眼？死靈法師什麼沒有見過？六十幾年前，他也親眼見過骸骨大君手撕怪物，他根本沒有被嚇到。

一具體型龐大的屍體衝了過來，洛特不閃不避，任憑屍體扼住自己的脖子。他慢悠悠地抓住屍體的雙手，猛一用力，將高大的屍體凌空拋起，屍體強壯的手臂被從軀幹上活生生撕扯下來。

洛特剛拋下那對手臂，又有幾具屍體圍攏過來。他直接走進它們的包圍中，抓住一個小個子，揮舞著它絆倒了旁邊的屍體，然後用包裹著鐵片的靴子踩爛了它們的腦袋。

有的屍體仍不死心地想攻擊他，也有的想繞過他，洛特不慌不忙地將它們一個個攔住、撕碎、拋開。沒用多久時間，這群屍體就七零八落地散了一地。

洛特將一顆頭顱扔進前面的樹叢，聽聲音，那東西像是滾進了很深的谷底。

他回身看向伯里斯：「現在你明白為什麼我叫你別靠近、別往前走了吧？那邊有個懸崖。即使在白天也很難發現它，夜裡就更危險了。如果你過來，搞不好會不小心掉下去。」

伯里斯繞過一塊塊碎屍來到洛特身邊：「好碎啊，太碎了。碎成這樣，將來怎麼整理啊？等事情結束後，當地人肯定要把它們重新下葬……」

洛特表情複雜：「你竟然一點都不害怕。」

「六十幾年前我見過更慘烈的畫面。」

「噢！對啊！」洛特恍然大悟，「嘖，想想也是，就算沒有六十幾年前的事，估計你也不會害怕，比這噁心的東西你見過太多了。唉，道理我懂，但我還是有點不甘心……」

「您有什麼不甘心的？」

洛特低頭看著法師：「在我心中，本來存在著這麼一個幻想。面對危險時，我溫柔地對你說『別靠近，需要的話你可以閉上眼睛』，然後我露出邪氣的笑容，傲慢地衝進敵人的包圍，手段極為恐怖殘忍地將它們撕碎。當我結束戰鬥，重新回到你身邊，你的雙眼卻露出了畏懼的神色，這時我恢復了溫柔的模樣，向你伸出一隻手，你下意識地躲開了，我苦笑著對你說『別怕，是我，我不會傷害你的』，然後我摸了摸你的臉，你怯生生地看我，我順勢把你抱在懷裡，在你耳邊繼續小聲地安慰你，還輕輕撫著你的背，平復你的顫抖……」

伯里斯目瞪口呆，思緒彷彿回到了多年前的一個下午。

那天，他在邊境小城裡看到了一個暴露狂。一個男人站在房頂上，哈哈大笑著脫下褲子，擺出各種舞蹈姿勢，引得街上的婦女們一陣驚叫。

此刻他的感受就和那時差不多，他不害羞，也不畏懼看到的內容，他只是非常震驚，而且無比震驚。某些東西，自己知道自己有就行了，為什麼非要把它露出來?!

洛特期待了一會兒，發現法師的表情沒有任何轉變羞澀的跡象，遂放棄了這份不切實際的期待：「好啦，我知道了。幻想只是幻想，沒辦法強求，難道我說說都不行嗎?吟遊詩人的長篇史詩要是無法演唱完畢，他們也會大概說說後面的發展啊。」

伯里斯從腰包裡拿出一條半濕的手帕，上面散發著清新的植物香氣：「總之……您……擦擦手吧。我自己觸摸完屍體也會用這個擦手。」

洛特聽話地擦著手，帶著伯里斯靠近前面的懸崖。這種林間裂谷確實十分危險，它隱藏在灌木後，遠望時就像是普通林間植被，人們很容易毫無察覺地靠近，然後一腳踏空。

伯里斯驅使光球沿崖壁下降，降了好久都看不見谷底。他看不到那麼遠，只能看見黑暗中的光球越來越小。

洛特的視力倒是十分優秀：「估計下面還有很多屍體，我們也要下去。」

「煉獄元素的源頭在下面?」伯里斯問。

「在，我感覺到了。」說完，洛特伸展了一下肩膀，背上又浮現出那對能慢速飄浮的龍翼。他毫不客氣地把伯里斯拉進懷裡抱好，兩人踏出懸崖邊緣，開始緩慢地盤旋下降。

隨著二人不斷下降，身邊的霧氣越來越濃，顏色也由白轉灰。洛特用只有裝飾效果的翅膀搧開霧氣，擴大了一點視野範圍，斷崖上面十分狹窄，下面卻越來越寬闊，谷底竟然容納了一整片不見邊際的隱匿森林。

骸骨大君說得沒錯，谷底確實還有很多屍體，不過，它們之中有不少都不能動彈。峽谷太高，很多屍體一跳下來就被摔壞了。

它們沒有施法者操控，未能得到正常的智商，也尚未進化出超越人體極限的力量，所以只會本能似地飛蛾撲火。

伯里斯施法驅散了一部分濃霧。如果不這麼做，他們根本什麼都看不見，谷底的霧已不再慘白，而是更接近無味的黑煙。骸骨大君負責對付還能攻擊的屍體，將它們一個個擊倒折斷或踩碎。撕開最後一個撲上來的屍體之後，他轉向了某個角落。

他閉上眼睛再次睜開，用閃著紅色火光的雙眼望向黑霧。非常近了，席格費就在那裡。

伯里斯順著洛特的視線望去，對那個方向施放了一個法術，白晝般的光芒暫時籠罩了這一小片區域。谷底森林的角落裡，有一個被雜草與藤蔓掩蓋住的山洞。

「伯里斯，你最好在外面等著，我進去就可以了。」洛特說。

伯里斯搖搖頭：「大人，之前您不讓我幫忙對付屍體，我還以為您是想讓我保存力量，現在我們找到地方了，您又讓我在外面等，那您為什麼要帶我來？」

「因為一起冒險能增加彼此的好感。」洛特正直地說。

看著法師一臉難以置信，洛特噗哧地笑了出來：「我開玩笑的。其實是因為，如果你跟進來，你可能會被毒死。」

「裡面的煉獄元素有那麼濃？」伯里斯立刻明白了他的意思。

洛特看了一眼漆黑的洞口：「是的。就算你真的穿越到煉獄，都很難遇到這麼濃的力量。這是濃度比例的問題。你想像一下，大江沿岸有成千上萬人往江里撒尿，你在江裡游泳卻什麼都感覺不到；但如果一個人在一桶水里拉屎，那這桶水的味道就……」

伯里斯皺著眉打斷他：「大人，您就不能舉體面一點的例子嗎？」

「不體面但生動啊。」洛特聳聳肩，「還有，我確實需要你守在外面幫忙。剛才我們遇到了不少屍體，你應該看得出來，它們並不是全部。以前紅禿鷲已經操控了不少本地死者，近幾天情況惡化，煉獄元素又直接復生了附近所有墓地的屍體，這數量絕對不小。等一會兒，估計還會有不少幸運的屍體能完整地趕過來，它們已經不歸紅禿鷲控制，只一心想來吸取力量。我進入山洞後要專心對付裡面的東西，如果再有屍體靠近這裡，就需要由你來對付它們。」

伯里斯憂傷地點點頭。如果是從前的我，可能已經奪回全部屍體的控制權了。能力劣化的感覺真糟，重新慢慢進步真讓人難耐。

想到這裡，他意識到骸骨大君和自己一樣處於劣化狀態，也許山洞裡的東西確實是個不小的挑戰。

最終，伯里斯同意留在山洞外。他同時點亮了五個光球，攤開一本手抄筆記，按順序在地面上擺了幾種藥材，輕聲念出咒語。一張直徑十碼左右的防禦法陣在他四周鋪開，然後漸漸隱入土地和空氣中。

進入山洞前，洛特雙手按著伯里斯的肩膀，從背後飛快地親了一下法師的頭頂。伯里斯不自在地回過頭，洛特已經鑽進了洞口濃重的黑暗之中。

「席格費，快醒過來……」

進入山洞後，骸骨大君褪去了人類的外表。現在他的身體變得更高大強壯，腦袋恢復了布滿黑色鱗片的骷髏形態，頭頂露出一對彎曲的惡魔長角，眼眶中蘊藏著閃爍的血色火苗。濃重的黑霧阻隔了外界的聲音，他也無須擔心自己的聲音傳到洞外。

「席格費……」他伸出背上的龍翼，它們像觸鬚般在霧中尋覓探測。又向內前進了幾分鐘後，他聽到了隱約痛苦的呻吟聲，聲音的主人似乎陷入了夢魘，正掙扎著想要醒來。

「孩子，快醒醒。」大君向聲音走去，「亡靈之子已經醒了，煉獄之子也該醒來了。」

黑暗中傳來年輕男子的夢囈：「這是他們的詛咒……我永遠不可能醒過來了。」

「誰詛咒了你？」大君問。

「群山、月光與森林。我欺騙了它們，它們懲罰我長眠於此。」

「你是如何欺騙它們？」

「曾經，我失去了領地、失去了君主、失去了同袍，無人可效忠，亦無人可守護。我在漆黑的靈魂與身體上施以幻術，將自己染成聖潔的銀白色，我成為偽神，鎮守著群山度過了百年時光。山脈西邊的生命膜拜我，希望我賜予他們幸運與勝利；山脈東邊的生命駐守家園，每當看到我的神蹟便熱淚盈眶。但當戰爭降臨之時，我竟然不知道該庇佑哪一方。面對廝殺，面對鮮血，我懦弱地遁入深山，無動於衷……」

聽他這麼說，骸骨大君自言自語著：「嗯，落月山脈戰役。看來你是那時候出事的，怪不得在那之前紅禿鷲還很正常。」

青年的聲音繼續懺悔著：「目所能及之處，每一滴眼淚、每一捧鮮血、每一片凋零的葉子都是對我的詛咒。我本是魔鬼，又如何能成為人們的守護者？我銀白色的外衣分崩離析，露出黑色野獸的原貌，山谷吞沒了我的身體，荊棘纏繞著我的心臟，從此我將一夢不醒。」

骸骨大君嘆口氣：「席格費，你真是一點都沒變，還是那麼脆弱又詩意。死屍和山林不會發出詛咒，是你的愧疚吞沒了你自己。醒醒，你不認識我了嗎？」

「離開此地吧，旅人。」青年的聲音說，「你只是我漫長囚禁生涯中的一個夢境。」

骸骨大君無奈地扶額：「唉，原本我還想溫和地喚醒你，看來這樣沒用，只能把你嚇醒了。」

在被囚禁期間，大君看過一本人類關於的健康的書籍。書中說，如果你要喚醒熟睡中的孩子，最好是拉開窗簾，讓陽光自然地傾洩在他身上，用輕柔的聲音耐心地呼喚他，等他從深眠中漸漸清醒。你不可以大力搖晃他，不要製造猛烈的噪音，不要讓他被嚇醒，這樣不利於孩子的健康，還可能影響你們的親子關係。

骸骨大君沒有孩子，但有造物。他從來沒有叫過別人起床，今天倒是有了嘗試的機會。可惜輕柔的辦法沒用，到頭來還是要把孩子粗暴地叫醒。

他走向聲音的方向，觸摸到一面荊棘纏繞成的牆壁。半指長的荊刺一致朝外，藤蔓的縫隙中正不斷溢出霧氣。這種防禦對骸骨大君來說不算什麼，他手上的黑色鱗片堅硬如龍甲，根本不會被尖刺所傷。於是他直接抓住藤蔓，一條條扯開、一層層剝離，為自己挖出一條繼續前進的通道。

越向裡面挖掘，手裡的觸感就越是飄忽。荊棘深處的黑霧中不僅有煉獄元素，還有沉睡者的夢。

骸骨大君不會被煉獄元素傷害，卻多少有點被夢境影響。畢竟這不是魔法或神術，而是香甜而固執的安眠曲。

隱隱約約地，他看到了自己創作第一個孩子時的情景。

在狙殺魔鬼軍隊的間隙，他看到了兩具人類的屍體，一個是成年人，拿著折斷的長矛，穿著簡陋的皮甲，全身血跡斑斑；另一個是渾身發青的女嬰，小小的頭顱上嵌著一枚煉獄恐鳥的牙齒。

等到戰爭結束，諸神將各個位面彼此隔離後，骸骨大君用死靈之力塑造出了一個人類少女。那時她還沒有名字，她的名字是很多年後才被定下來的。

致施法者伯里斯閣下及家屬

骸骨大君帶著第一個造物，繼續清理殘留在人間的煉獄生物。很快，他又創造了第二個孩子，因為他在人間目睹到了一種罕見的聖潔生物，產生了莫名的熱情和靈感……

伯里斯坐在大石頭上，不時望向山洞內。後續趕來的屍體們沿著他的法陣倒成了一個扇形，偶爾有幾個特別頑固的屍體試圖突破防線，得到了伯里斯以咒語「特殊照顧」的殊榮。

按理來說，他根本不需要擔心骸骨大君。大君有強悍的力量和霸道的魔法免疫，就算他打不過洞裡的東西，那東西也絕對無法傷害他。但伯里斯就是忍不住設想各種糟糕的局面。

比如，萬一洞裡的生物不施法，比大君還擅長物理攻擊怎麼辦？萬一洞裡猶如迷宮，大君迷失方向一去不回怎麼辦？萬一大君和洞裡的生物早就認識，那生物勸大君一起征伐人類怎麼辦？萬一大君和那生物是久未謀面的仇敵，他們的戰鬥不死不休造成山崩地震怎麼辦？萬一洞裡的生物根本沒有嘴，大君想親死它都不行該怎麼辦？

你想得也太多了，你的智商是不是也跟著身體年齡一起下降了？伯里斯在心裡罵了自己幾句，決定做點什麼來驅散這些無謂的擔憂。

他掏出一支棒棒糖般的水晶球，對它念了一句短咒語。球體閃爍著微光，以略顯呆板的聲音說：「為您效勞，主人。」

「你瞭解落月山脈的過去嗎？」伯里斯把球舉到嘴邊，這讓它更像棒棒糖了。

這是一枚「逸聞水晶」，可以為持有者講述各類奇聞異事。世上所有逸聞水晶都跟著不同的主人到處出沒，水晶會自動吸納含有某些關鍵字句的談話和故事，並與其他水晶傳輸共用。這東西是奧法聯合會內一位熱愛旅行的法師發明的，伯里斯參與過後續的優化研究，它不會洩漏機密資訊，只會搜集鄉野與市井間的小故事。

水晶沉默了一會兒，回答：「逸聞較少，主人。」

「說吧。去掉落月山脈戰役正史，去掉獸人和地精相關，去掉人類貴族相關。主要尋找關於神祕生物的逸聞。」

「好的，主人。很多很多年前，有一個老爺爺住在落月山脈。他靠採蘑菇為生，已經一個人生活了八十幾年。有一天，一頭獨角獸出現了，在看到老爺爺的瞬間，獨角獸流下了同情而激動的淚水，因為老爺爺竟然是個處男……」

「……去掉庸俗和滑稽的元素。」

「好的，主人。看著孤獨的老爺爺，獨角獸哭了，因為獨角獸也是孤身一人。老爺爺在年輕的時候就和家人失散了，獨角獸說自己也是如此。獨角獸給了老爺爺很多山珍野味，大哭著把老爺爺送下山。牠沒有挽留老爺爺，因為牠知道人類的壽命都很短暫……」

這時，周圍的霧氣突然消散，山洞裡的黑霧也變得稀薄許多。伯里斯驚喜地四下環顧，整個谷底森林都開始恢復原貌。

他用短咒語熄滅水晶。因為山洞裡傳來了一些動靜，也許是骸骨大君回來了，他不想讓骸骨大君發現這枚水晶，大君很有可能會整日沉迷其中。

山洞裡的聲音越來越近，聽起來像是大型動物沉重的腳步聲。

伯里斯驅使光球飛入山洞，看到洛特正打著哈欠往外走。現在他是人類的模樣，但從衣服上鬆脫的釦子可以看出，剛才他多半恢復成了原本的外形。

「一切順利嗎？」伯里斯有點緊張地問。

「順利，只不過我差點就睡著了……」

「什麼？」

洛特沒有回答，笑嘻嘻地看了身後一眼：「現在沒事了，我找到了那個生物，他身上的煉獄元素不會再繼續往外冒了。之前他也不是故意的，他只是出了點小問題，身體垮掉了。對了，因為是我把他救醒的，所以他……他決定效忠於我。」

伯里斯警惕地望向洞內，有點擔心自己真的會看到逸聞裡的獨角獸。但應該不可能，獨角獸才不是煉獄生物，牠只是虛構的童話生物。

每個施法者都知道，這世上真的有巨龍，卻沒有獨角獸。剛才的逸聞故事僅僅是個故事而已。

洛特繼續說：「親愛的伯里斯，我向你介紹我們的新朋友，他的名字叫席格費。」

隨著這句話的尾音，一頭令人難以置信的、世間罕有的、健美強壯的、腦袋上長著角的生物走了出來。

伯里斯呆呆地看著那頭生物。感謝奧法之神，我的常識沒有出錯，他確實不是獨角獸。

席格費有一雙帶有煉獄風格的眼睛，虹膜是火紅色的，鞏膜則是幽暗的黑色。現在，這雙本應顯得凶悍的眼睛裡竟漾著少許淚水，讓他的氣質確實有點像故事裡動不動就哭的獨角獸。而且，他的額頭上也真的有一支螺旋形尖角。

但他的身體並不是馬。

他是一隻巨大的暗紅色獅鷲。

致施法者伯里斯閣下及家屬

To Burris the Spellcaster and His Family Dependent

Chapter 04

伯里斯遞給席格費一張手帕。獅鷲的眼睛很大，眼淚也很滂沱，他臉上的毛糾纏成一綹一綹，手帕接觸眼眶的瞬間就全部濕透了。

「別哭了，我們不怪你。」伯里斯心軟地撫摸著獅鷲的毛髮，「你是在遠古戰爭中被創造出來的魔法生物，戰爭結束了，你就藏在人間。你做得很好，真的，這不是你的錯。後來山脈裡有人崇拜你，把你當成獨角獸，這也不是你的錯。別哭了，其實你很善良啊，不然你也不會因為戰爭而痛苦得陷入沉睡……」

席格費抽噎著：「但是……但是我還是有錯，我並不是對戰爭無能為力，其實……其實我很厲害，我甚至殺過魔鬼……我這麼厲害，卻只能眼睜睜看著人們打仗，我……我不知道該怎麼做……山脈兩邊都有人供奉我、信任我，我幫了哪邊都問心有愧……而且我還一錯再錯，我像鴕鳥一樣躲了起來，以為這樣就沒事了，誰知道我又迷失在夢境中，還失去控制，讓體內的煉獄元素跑出來危害外界……我當然有錯，我的罪孽用死亡也無法償還……」

看他哭得傷心，伯里斯忍不住問：「呃……你認識塔琳娜嗎？」

「誰？」

「沒事，隨便一問而已。你有點像我認識的一個人類。」

難道說，被哭哭啼啼的煉獄元素侵擾後，未覺醒的術士也會整天哭哭啼啼嗎？這倒是一個前所未見的新發現。

伯里斯決定聊點正事，改變一下悲痛的氣氛：「現在那些屍體不會繼續異化了，對嗎？」

席格費腳下的眼淚已經匯成了一個小水窪：「嗯，我清醒了，力量就不再外流了。」

「你能控制它們嗎？」伯里斯問，「比如，把它們趕回各自的墳墓。」

獅鷲低下頭：「恐怕不行。它們與我的連結已經被切斷了。如果要驅趕它們，我就必須重新用煉獄元素侵蝕它們，如果這麼做，異化就又會重新開始。這樣風險太大，萬一在這過程中有屍體完成轉化，會引起更多麻煩的……對不起，我就只會製造麻煩，我真是一點用都沒有……」

「沒事沒事……」伯里斯趕緊摸了摸他的頭。

法師回頭望向峽谷裡的屍群，無力地塌下肩膀。看來收拾殘局的人只能是自己了。他又問獅鷲：「那麼活人呢？被煉獄元素影響過的活人會怎麼樣？」

席格費說：「影響會中斷，但已經產生的異化並不會消失。」

也就是說，紅禿鷲仍然很危險。雖然屍體不是因他復活，但他依舊有控制屍體的能力。在他的法術中，最危險的就是那個徽記魔法：將人在出生地殺死，然後刻上徽記，十三天後屍體會變成施法者的傀儡，既有智商又絕對服從。

這不是常見的死靈系法術，它的原理和思路與正規的死靈學派有很大區別，帶有濃重的巫醫祭祀色彩。據說山脈另一邊的西荒人也有辦法利用死者，也許紅禿鷲是從西荒人身上學到這項法術的。

想著這些，伯里斯朝遠處喊：「大人，我們是不是應該回銀隼堡了？」

骸骨大君正在整理屍體。這項工作是伯里斯安排的，跳下山谷的屍體很多都殘缺不全，為將來方便操控，現在要把它們盡量整理得整齊點。

看到洛特走過來，席格費順從地低下頭。伯里斯根本不知道他們的關係，只以為這是對半神的恭敬和感謝。

洛特一手撐在席格費身上：「事情不是已經結束了嗎？我們找到了一切的源頭。」

「遠遠沒有結束。」伯里斯搖搖頭，「紅禿鷲隨時有可能對親王一家不利。」

「你好負責任啊……」

「當然了。您知道銀隼堡每年在我的工廠下多少訂單嗎？」

「十分有說服力。」洛特抓著席格費的毛翻身一躍，騎在獅鷲背上對伯里斯伸出手，「來吧。」

伯里斯看了看高大的獸背：「獅鷲絕對不能出現在普通人面前！」

「我知道。」席格費主動說，「我會盡量躲起來的。而且我會幻術，如果意外被人看到，他們會以為我是一隻長角的白色飛馬。」

好吧，伯里斯終於明白獨角獸的傳聞是怎麼來的了。他又說：「還有，離開山谷後我們要先去木屋那邊看一眼，我想確定塔琳娜的情況沒有惡化。」

說著，他揪著獅鷲腰部的毛正要往上爬，洛特立刻阻止了他：「不，你坐到我前面來。」

「為什麼？」

「你坐前面我才能抱著你啊……不，其實是因為你比我矮，如果你坐後面，你的視線會被擋住。」

「擋住就擋住吧，我又不負責指揮飛行。」伯里斯就是不願意坐在前面。與其被人摟著，他寧可由自己去摟別人。至少他摟得比較正直。

這時席格費說：「法師大人，您還是坐在他身前吧。您比他輕，這樣坐更好，有助於我在飛行時保持平衡。」

既然獅鷲本人都這樣建議了，伯里斯只好握住骸骨大君的手，爬上去坐到了他身前。

其實獅鷲根本沒有這方面的問題，而且真正的獅鷲也不讓人騎。牠們只載不會飛的同類幼獸，或者最多願意有償地幫人類載一些物品。「騎獅鷲作戰」只是人類幻想出來的場面。

從較高的視線看去，伯里斯的頭髮束在腦後，暴露出了微紅的耳朵，斗篷的帽兜堆疊在他肩頸上，細白的脖子若隱若現。骸骨大君滿意地將法師摟在懷裡，笑得合不攏嘴。

獅鷲騰空而起，慢慢盤旋著飛出峽谷。席格費是骸骨大君的造物，只要距離不遠，他就可以直接在腦子裡接收到大君的指令。

剛才大君對他說：說點什麼，讓法師坐到前面。

現在大君又告訴他：飛得穩一點，別讓法師覺得頭暈，但是升降時可以快一點，讓我有機會抱得緊一點。

深紅色的獅鷲默默地遵從命令。看來主人很喜歡這個人類法師，這樣很好，希望主人能成功把法師留在身邊。

席格費也很喜歡這個法師，他那麼慈祥，那麼睿智，就像人類家裡溫柔的長輩一樣，就像當年那個笑咪咪的採蘑菇老爺爺一樣。

致施法者伯里斯閣下及家屬

銀隼堡的領主宅邸內，「小美人」終於醒了過來。

他躺在柔軟得能把人陷進去的寬大長椅上，靠墊散發著風信子和黑醋栗的味道。他遲疑地掀開薄厚適宜的珍珠絨毯子，發現身上的粗布外袍和舊羊毛斗篷都不見了，取而代之的是一套香檳色的絲綢睡衣。

他坐了起來，赤裸的雙腳踩上一整塊長絨毛真羊皮地毯，毯子上擺著一雙貝色緞面嵌有金線的室內鞋，大小正好適合他的尺寸。靠椅的椅背上搭著一件繡著金邊的黑色天鵝絨居家長袍，質地柔軟得讓人想把臉埋進去。長袍上還放著一張卡片，寫了幾句酸文假醋的問候，大意是說這衣服是專門為他準備的。

他扶著躺椅的椅背站了起來，披上長袍，恍惚地看著整個房間。

這時，門口傳來一聲誇張的驚叫：「天哪！你醒了啊！」

諾拉德親自端著點心和茶走了進來：「你有點低燒，別亂動，你還是坐下吧，最好躺下。」

羅賽·格林有些頭昏腦脹。他半天沒說一句話，只是愣愣地看著親王的長子忙來忙去。

他認識諾拉德，諾拉德卻不認識他。

他也認識這個房間。這是城堡裡最暖和的一間起居室，絲妮格經常坐在窗邊的長椅上讀書或刺繡。

羅賽在山中獨居多年，後來還是找機會回到了城堡。他在戰役中幫了蘭托親王很大的忙，親王只好答應讓他回到城堡，繼續擔任某個小小的官職。

住進城堡後，羅賽幾乎不能離開自己的房間。一方面是因為親王不允許，另一方面，他也確實無法出門了。

從戰役後期開始，陌生的元素漸漸侵入了他的體內。這讓他每天都渾渾噩噩，幾乎沒有一天能毫無痛苦地度過。異界元素侵入得越多，他的思維就越模糊混亂，但如果他試圖用別的法術屏蔽影響，又會被鮮明的疼痛和虛弱折磨。

它們讓他的力量毫無規律地波動，讓他形容憔悴、瘋瘋癲癲。有那麼一段日子，羅賽甚至不記得戰役之前的事了。他瘋得越厲害，親王就越不敢讓他見人，那時他經常瘋言瘋語，親王怕他會說出王妃的身分。

蘭托親王一直想把羅賽趕走，但一直沒有很好的罪名。畢竟羅賽是落月山脈戰役的功臣之一，苛待戰友的名聲實在不怎麼好聽。

所以後來羅賽當眾發瘋，用可笑的言論詛咒塔琳娜，親王終於找到把他逐出城堡的機會。

當時，已經沒有人記得這個術士的名字了。

大家都嘲笑他邋遢的窘態，都叫他紅禿鷲。

致施法者伯里斯閣下及家屬

回到山林之後，羅賽身上的變化還在繼續。

那些元素就像融入他骨肉中的鬼魂，它們讓他越發強大，又讓他生不如死。而且他也越來越依賴那種元素了，他開始學會從中謀求快樂，讓痛苦漸漸減少。終於，他徹底放棄抵抗，乾脆地敞開身心，任憑異界元素擁抱這副皮囊。

後來，奇蹟發生了。異界元素重新塑造了他，讓他的肉體變回了年少時的模樣，還讓他擁有了新的力量，他幾乎覺得自己不再是個術士，自己簡直更像——更像他的導師曾提起過的某種生物，來自煉獄的生物。

對了，他的導師已經死了。在落月山脈戰役中，羅賽再次見到了那個西荒的老術士，只可惜，這次他們是敵人。

老術士死在了著火的沙塵之中。他說得對，他只是比羅賽多了點控制力量的經驗，其實羅賽比他強大得多。

雖然力量有所增長，但羅賽對異界元素的掌控還不夠穩定。施法時，他經常無法控制好波動，幫自己徒增負擔。剛才的情況就是如此，於是他過於虛弱，昏倒在巷子裡，然後竟然在熟悉的城堡裡醒了過來。

羅賽想著這些的時候，諾拉德一直在喋喋不休。他邊說邊把茶杯塞進羅賽手裡，捧著羅賽的手讓他取暖，還試圖親手把小酥餅餵到羅賽嘴裡。在諾拉德看來，這個精緻而綿軟的小美人似乎非常低落，無論聽到什麼都心不在焉。不過，美人似乎對他的碰觸並不反感，這讓他心花怒放，乾脆伸手攬住了羅賽的肩膀。

「好不好？」諾拉德捏了捏紅髮美人的肩膀。

羅賽根本沒聽清楚他說了什麼，只是愣愣地看著他。

諾拉德沉醉地回望著這雙清澈的大眼睛：「我是說，外面很危險，你就先留在我身邊吧，好不好？如果你有家人，我可以派人把他們一起接過來。」

羅賽搖搖頭：「我沒有家人了，他們都死了，沒有人和我在一起。」

「那太好了！」諾拉德脫口而出，又趕緊改口，「呃，我不是那個意思……我是說，這真是太不幸了，你能及時遇到我真是太好了。你就留在這吧，我一定會保護你的！」

羅賽的目光迷茫而脆弱，簡直像一隻被暴風雨淋濕了羽毛的小鳥。諾拉德不由自主地又靠近了些，臉頰幾乎染上羅賽低燒的熱度。

親王的長子拉著羅賽的手，試探著低頭吻他。

術士露出難以察覺的微笑，閉上眼，將嘴唇迎了上去。

看到大霧徹底散去，黑松暗暗鬆了一口氣，也許那個「亡靈惡魔龍」已經解決了一切，別人不需要提心吊膽了，接下來他只要和親王喝著茶吃著點心談笑風生就可以了。

進入宅邸後，蘭托親王最先發覺了不對勁。

高牆邊有幾個婦人正在洗衣服。平時這個時間，僕人應該都休息了，今天她們為何會如此勤勞？

還有，守在大門口的衛兵恭敬地對親王行禮，看都沒看黑松一眼，這也相當不正常。精靈法師坐著骨頭椅子飄在半空中，城門守衛和街上巡邏的士兵都像看怪物一樣看著他，連那些以前見過他的騎士都不禁側目，而宅邸前的衛兵怎麼會如此淡定？

親王隨便找了一個人，詢問他的姓名和所屬小隊。其實親王不可能認識每一個士兵，他只是想看看這個人的反應是否正常。衛兵回答得很有禮貌，似乎沒什麼不妥，但跟在親王身邊的一名騎士卻大驚失色，立刻拔出了佩劍。

「殿下！這個人不是第八小隊的弗利！弗利是我姐夫的妹妹的男朋友的表哥！我見過他！這人是假冒的！」

冒充者一開始還狡辯了幾句，眼看騙不過去，乾脆也拔出了武器。不僅他一個人，附近的衛兵、更夫、洗衣婦人也全都拿著武器圍了過來。他們拿的都是標準的軍用武器，應該是從真正的守衛那裡搶奪過來的。

黑松定神分辨了一下，果然，這些人都是復活的死屍。他想奪走屍體的控制權，正在心裡默默盤算方法，這時，距離他最近的一具屍體突然爆出火光。

黑松尖叫起來。屍體們一個又一個地開始燃燒，火焰一直蔓延到它們手中的武器上，它們慢慢縮小包圍圈，停在距離親王和手下們幾步遠的地方，用令人窒息的熱浪炙烤著活著的人們。

宅邸大門慢慢打開，兩個互相依偎的身影走了出來。諾拉德神情呆滯地望著外面，手裡攙扶著一個身形纖細的紅髮少年。

其他人沒有見過那張臉，只有蘭托親王對其印象深刻。

「難道你已經死了……」親王喃喃說著，「你是人是鬼？你變成亡靈了嗎？」

「我還活著，殿下。」羅賽．格林推開諾拉德，向前走了幾步，後者戀戀不捨地用目光追隨著他。

「殿下，我們就不寒暄了。」羅賽說，「我是來和你談條件的。如果我們談得順利，這些屍體就會離開你的宅邸，你的城堡也不會再受到打擾。」

「他們還活著？」親王指的是那些被替換掉的活人。

「他們當然還活著。不然我用什麼跟你進行交易？他們很聽話，幾乎沒有反抗……」說著，羅賽勾勾手指，諾拉德立刻迷戀地跟上來，從背後抱住羅賽，「因為我有諾拉德爵士，他們不敢拿他的性命開玩笑。」

「你想要什麼？」親王問。

羅賽沉吟了一會兒，說：「我要你用自己換這個年輕人。」

「什麼？」

「你跟我走，從此離開銀隼堡。」羅賽說，「我會放了你的兒子，他的心智也會恢復正常。反正你也一把年紀了，不如就讓你的長子繼承領主之位吧？只要你跟我走，你的屬下和孩子都會很安全的。」

術士的眼睛映著火光，讓人想起山間小屋前怒放的花叢。

「或者，如果你實在不願意走，我也可以帶走諾拉德，反正他喜歡我。不管你信不信，沒被法術影響之前他就喜歡我。你也別為難了，這是最簡單的一種選擇，你一點頭，我立刻帶著諾拉德消失，城堡內所有復生死屍都會跟著撤離，然後你們就慢慢在各處找回被我抓住的士兵和僕人。怎麼樣？殿下，你會祝福我和諾拉德嗎？」

蘭托親王攥緊雙拳：「你可以怨恨我，但不該牽累我的孩子！他從來沒有傷害過你！別忘了，他也是絲妮格的孩子。」

「你竟然還敢提起她？」羅賽冷冷地說，「如果不是你們，現在她應該像我一樣強大而自由，而不是被自己的力量折磨至死。我們的交易與她無關，就像你們當年幸福也都與我無關一樣。」

火圈裡的騎士們拿著兵器不敢出聲，只能面面相覷。話題突然提到了已故的王妃，而且聽起來完全是私人恩怨，而他們有幸旁聽了親王的隱私……這就讓人有點尷尬了。

「法師閣下，您快做點什麼啊。」距離骨頭椅子最近的騎士小聲說。

黑松確實在偷偷施法，但這需要時間。他盯著其中一具屍體，雙手藏在袖子裡，火焰劈啪作響的聲音掩蓋住了輕如呵氣的咒語。

紅禿鷲變得年輕貌美，但他的施法習慣應該沒有改變。在落月山脈戰役中，黑松對這個術士印象很深，他身上有很多典型的術士特徵，比如：默認所有敵人害怕火，所以動不動就點燃火焰；遇到不怕火的敵人，就用元素彙聚成衝擊力攻擊，認為必須讓敵人跌倒或飛出去才算成功；施法時傾向於選擇模糊範圍，而不是精準的路徑；經常集中力氣大量施展效果相似的法術，遇到變故後卻已經透支體力，無法進行應變。

當然，術士也有一些優勢，只是黑松不太記得他們的優勢是什麼。

你不是喜歡放火嗎？那我幫幫你。黑松挑起嘴角，已經完成了咒語。

突然，屍體們開始搖擺，它們身上的火燒得更旺、更猛烈，火舌卻並不躥高，不會影響被它們包圍的活人。羅賽・格林剛察覺到不對勁，已經有一具屍體倒了下去，摔得粉碎。其他幾具屍體也開始失去支撐，身體裂成碎屑，一點點剝落碳化。

快速焚屍是死靈法師的常用法術。它很少被用於戰鬥，因為先決條件是屍體上必須先燃起明火。法術會加速焚燒過程，而且不會燒到別的東西，整個焚屍過程安全而迅速。

法師解決掉火牆之後，領地騎士們立刻分散開來，從不同方向包圍著門前的術士。羅賽立刻抬手畫了一道符印，但法術的衝擊既不是對著騎士，也不是對著親王，竟然是向著黑松而去的。

這又是一個屬於術士的特色，特別是那些出身山野、沒讀過書的術士：戰鬥時不管自己身邊的情況如何，也一定要搞死讓自己吃過虧的人。

黑松從骨頭椅子上滾了下來，椅子被瞬間炸得稀爛。他恨恨地站起來，思考著還有什麼法術能克制羅賽，但又不能傷及親王之子。

騎士們已經包圍了羅賽，卻不敢輕舉妄動，羅賽雖然手無寸鐵，但諾拉德卻用匕首對準了自己的喉嚨。

羅賽輕輕扶著諾拉德的手腕，解開他的袖釦。諾拉德的手腕上刻著一枚帶血的徽記，正是出自將死人十三天後化為傀儡的法術。

「看來我只好帶他走了。」羅賽冷笑著環視所有人，「我不會隨便殺掉他的，我要他活著陪我。這枚徽記只是最後的手段，如果我需要他死，他會靜靜地死在某處，你們翻遍落月山脈也找不到他的墳墓。等他醒過來，他就會主動回到我的身邊。」

說著，術士念起咒語並打了個響指，他與諾拉德身體周圍的空氣像水紋一樣晃動了起來。

「他要逃走了！」黑松大叫一聲，他想操縱椅子的碎片飛過去干擾術士，可是這麼簡單的法術竟然沒有成功！

不只是他，羅賽的傳送法術也沒有成功。

空氣盪漾了幾秒鐘，然後一切恢復如初，什麼都沒發生。

羅賽驚訝地看著黑松，還以為是這個精靈做了什麼。這時，伯里斯的聲音從城堡大門處傳來，但聲音並不威嚴，還有點氣喘吁吁的。

「現在沒人能使用魔法了。」

伯里斯小跑著來到親王身邊，這個出場方式真的很平庸，他應該用短程傳送直接「咻」

地出現，但現在的他做不到。

「我花了一點時間，在城堡周圍布置了七十二枚干擾石。在兩枚干擾石的對角線之中，一切奧術都會失效。我讓七十二枚干擾石盡可能平均地分部，這樣一來，城堡裡就會出現一張壓制所有奧術的網。」

親王、領地騎士和羅賽都一臉茫然，只有黑松大驚失色。奧術干擾石是人工製品，只有珍珠大小，但每顆的價格幾乎可以買下一座農場！這麼多干擾石要多少錢？伯里斯導師真捨得讓兒子花錢！

干擾石一般不用在戰鬥上，因為它只能在一定長度的對角線內起效，戰鬥中敵人不可能站著不動。它常見於特殊建築中，比如一些神殿裡。還有王都真理塔的涉密區域，也藏著干擾石織出的禁魔之網。施法者攜帶它們時，會將它們裝在特製的小袋子裡，這樣就不會意外干擾到自己和別人了。

黑松推測，這個小法師之所以帶著這麼多干擾石，是因為他自己的施法能力不足。如果是導師伯里斯本人，他可以直接在外面施展一片區域巨大的禁魔力場，雖然施法很慢，但肯定比計算角度埋石頭快多了。

「等等……這麼一來，我也不能施法啦？」黑松不小心說出了心裡的想法。

伯里斯心想，但是我能。埋石頭的時候，我在地形的基礎上算好了角度，現在我可以根據推算結果選擇不受干擾的位置。不過他沒這樣說：「沒關係，我們不用施法。銀隼堡的領地騎士們都是訓練有素的精銳勇士，他們完全可以掌控局面，不需要法師的幫忙。」

這句話讓騎士們聽得心裡暖呼呼的，以前法師黑松可不是這樣，他特別愛強調「我的魔法幫了你們多少多少」。

諾拉德稍微清醒了一些，握著匕首的手放鬆了下來，旁邊的騎士立刻奪下匕首，將他帶離羅賽身邊。而無法使用魔法的羅賽也很快被騎士們制伏，整個過程只用了幾秒鐘，蘭托親王滿意地點了點頭。

身後傳來了鼓掌聲，洛特開開心心地跑了進來：「外面的屍體都解決掉了。」他站到伯里斯身邊，伯里斯又拿了一條濕手帕讓他擦手，「我把它們按照六個一組擺好了，方便你們處理。這些屍體不是闖進來的，它們藏在城市裡有一段時間了，估計大家都不知道它們是死人。」

領地騎士們交換著不安的眼神，怪不得城門未遭攻擊，城堡卻已經不知不覺被紅禿鷲控制。

洛特又說：「還有，我發現有很多活人被綁在磨坊的地下室裡，不過我覺得他們不重要，所以就沒救他們。你們誰有時間順便去救一下吧。」

親王嘴角一抽，立刻安排了幾名騎士前去處理。他走到羅賽·格林面前，張了張嘴，卻不知道該說些什麼。諾拉德徹底清醒了，他看著父親，看著雙手反剪、被劍刃抵住脖子的羅賽，一時啞口無言。

現場陷入詭異的沉默中，直到洛特打破寂靜：「為什麼大家都不說話了？你們要不要把這個術士關起來啊？如果你們要審訊他，我能申請旁觀嗎？我還沒見過審問犯人呢！」

伯里斯已經越來越習慣這種「有洛特就有尷尬」的局面了。他走到親王身邊，遞上一對鏽灰色鐐銬，鐐銬本身很細很輕，真正起作用的是上面的咒文。

「殿下，如果你們要收押他，先用這個吧。離開干擾石範圍後，他還是很危險的，戴上它，他就不能施法了。」

親王很感謝這個年輕學徒，看來法師伯里斯沒有選錯繼承人。替羅賽戴上鐐銬後，親王猶豫了很久也無法決定如何處置他，只好先命令騎士把他押去牢房。

被帶走時，羅賽一直低頭不語。沒有咒罵，更沒有辯解。蘭托親王不敢看他，諾拉德的目光卻一直追隨著他，直到他的身影消失在昏暗的門廊中。

致施法者伯里斯閣下及家屬

To Burris the Spellcaster and His Family Dependent

Chapter 05

席格費還是被人看到了。洛特讓他藏在林間，他卻出於愧疚而去探望了塔琳娜。

塔琳娜身上仍然流竄著異界元素，所以她隔著很遠就感覺到了席格費。

她再次發了瘋一樣地跑出去，夏爾和一群領地騎士緊張地追在她身後。她撥開樹叢，走進一片開闊的林間空地，跟在她身邊的人們驚訝得屏住了呼吸——空地上竟然站著一隻銀白色的獨角獸。

獨角獸向女孩低下頭，像是躬身行禮，又像是低頭致歉。塔琳娜踉蹌著走過去，把頭靠在獨角獸身上，獨角獸緩慢地伏低身體，臥在草地上，讓女孩放鬆地趴在自己頸邊。

被問及這一段時，夏爾回憶道：塔琳娜和獨角獸身邊泛著光斑，用某種他聽不懂的方式交談，獨角獸的眼睛裡盈滿淚水，當淚水滴在塔琳娜的額頭上時，塔琳娜的呼吸逐漸恢復平緩，臉色也從蒼白轉為紅潤。

再站起來時，塔琳娜已經恢復了昔日的健康神采。她對獨角獸行了一個屈膝禮，腳步輕巧地回到夏爾身邊。

獨角獸也站了起來，用人類的語言和聲音說：「很高興看到你們平安無事，可愛的孩子們。我要對你們道歉，對不起，真的非常對不起，我沒辦法彌補那些傷害，我會為此終生懺悔。」

說完，他調轉腳步鑽進叢林深處。幾個騎士好奇地跟上去撥開樹葉，卻找不到他離去的背影。

大家都搞不懂獨角獸說的「彌補傷害」和「懺悔」是什麼意思。這一帶從古時候就有山林守護者的傳聞，也許獨角獸是個過於認真負責的山神？也許他認為自己沒有保護好這片區域，所以為此流淚道歉？直到最後也沒人知道究竟是怎麼回事。

回到銀隼堡後，塔琳娜突然感到飢腸轆轆，這幾天她太虛弱，一路上都沒吃什麼東西。東方天空剛剛泛白，還沒到早餐時間，想吃東西只能去廚房拿，塔琳娜不想麻煩已經相當疲勞的侍女，決定自己親自去找點吃的。夏爾不放心讓剛恢復健康的妹妹獨自亂跑，就執意跟了上去。

此時，洛特坐在廚房的長桌邊，哼著歌吃著沾滿鮮奶油的熱鬆餅。塔琳娜推開門時，長桌盡頭的一支蠟燭被開門的冷風吹熄了，屋裡頓時一片漆黑，女孩動了動手指，火光又再次燃了起來。

洛特嘴裡叼著鬆餅，驚訝地看向她，跟在她身邊的夏爾也嚇了一跳。塔琳娜臉紅著請他們保守祕密，她也是剛剛才學會這麼做的。

獨角獸先生傳授了她一些小技巧，幫她將病痛轉化為天賦。

伯里斯睡得正熟，突然被一聲巨響驚醒。

木門被人一腳踢開，門閂和門框一起脫落下來。洛特僵硬地站在門口，身體維持著一種彷彿在火場救人的姿態。幸好天已經亮了，伯里斯一歪頭就看清了來者，不然他差點要施法

致施法者伯里斯閣下及家屬

自衛了。

「您這是在做什麼？」法師坐起來披上衣服，撫著胸口深呼吸幾次，「幸好我是二十歲，如果我還是八十四歲，剛才肯定已經心臟病發作了……」

洛特毫不客氣地跨過木門的屍體，自然而然地坐在伯里斯床邊：「我路過你的房間，聽到你在說夢話，還夾雜著很不舒服的呻吟。你肯定是做惡夢了。我敲了幾下門，你沒聽見，還在繼續哼哼唧唧，於是我就……」

「大人，您帶給我的驚嚇比惡夢更加嚴重。」伯里斯靠在床頭上，還沒平復過來。

洛特沒有說話，只是一直盯著他。伯里斯等了一會兒，忍不住問：「您有什麼事嗎？」

「我在等你繼續睡啊。」洛特露齒微笑，「我知道你還沒休息夠，快繼續睡吧。這次我守在這裡，你不會再做惡夢的。」

「大人，您把我嚇醒，徹底摧毀了我房間的門，還坐在旁邊盯著我，我怎麼可能繼續睡？」

「你要學會習慣。」洛特坦然地說，「當然不是習慣被嚇醒，這一點是我不對，我會反省的。我是說，你要學會習慣被我盯著。我們相處的時間還不長，但將來的日子裡我肯定還會一直盯著你，你不習慣怎麼可以。」

伯里斯清晰地感覺到自己的智商又暫時下降了。他愣愣地看著洛特，一句話也說不出來，他的語言能力似乎和木門一起被摧毀了。

看法師沒有繼續睡的意思，洛特就順勢聊起天：「你夢到什麼了？」

「我說了什麼夢話？」

「大多數我都沒聽懂，好像有『房頂』什麼的吧？反正聽起來很不舒服。」

伯里斯回憶了一下，被嚇醒前他腦海中的最後一個畫面是龍捲風。

他捏了捏眉心：「好像是夢到希爾達教院了，我年輕時在那裡當教師。教院出過一起事故，是術士引起的，可能因為現在又遇到了關於術士的麻煩，所以我才夢到教院吧。」

「術士？」洛特問，「那個教院不是法師學校嗎？」

「他們偶爾也和一些術士合作，指導學生們研究元素之類的。有一次，一個術士失手掀翻了大禮堂的房頂，導師們及時保護了學生，沒有造成太嚴重的後果，但這件事的後續相當令人頭疼。有個學生受傷了，偏偏她是珊德尼亞王國王子的未婚妻。於是這件事越發展越麻煩，教院、教院所在地的城主、國家使節，還有那名術士本人以及他的老師，大家都有各自的委屈，都在不斷指責其他人，教院的正常教學秩序被嚴重影響……那段日子我心煩意亂，天天失眠。」

洛特最愛聽這種故事了：「後來呢？」

「珊德尼亞人想將術士判刑，城主想借機削減教院的權力，術士認為法師們應該負更多責任，法師們覺得城主軟弱無能……總之，就是一團亂麻。不過，最後事情還是慢慢解決了。解決的方法沒什麼好說的，就是靠一次次的交涉而已。在這個過程中，有些法師借機提出建議，希望術士們也像法師一樣建立起自律體系，方便同僚間交流經驗，也可以借此得到外界的信任和理解。術士們當然反對，他們鄙視這種體系，他們認為施法者就應該自由自在，而不是被官僚和世俗制約。用他們的話來說：法師們是用尊嚴換取利益，賣了自己人還不夠，還要打術士的主意。」

洛特點點頭：「確實，術士都愛獨來獨往，而且比法師還遭人排斥。這件事聽起來很麻煩，不過當時你還不是校董吧？你只要看熱鬧就好了，為什麼會天天失眠？」

「這個啊……因為後來我還是被捲進去了。」伯里斯說，「那個術士說得沒錯，很多法師就是想借機束縛術士。他們太散漫了，法師們總覺得他們是不穩定因素，當時我也同意這個觀點。有一天，術士們在交涉會議上突然提起了我，他們調查出我的身分——我來自希瓦河以北，曾經是死靈法師伊里爾的學徒。」

「那又怎麼樣？」

「那是我洗不掉的汙點。」伯里斯搖搖頭，「其實大家普遍認為，我根本就沒有想『洗』。因為我一直持續研究死靈學，根本沒有放棄從伊里爾那裡學來的知識。」

洛特悄悄移動屁股，不動聲色地離伯里斯越來越近：「你沒有更改名姓，能自由生活，那就說明並沒有人定你的罪啊。」

伯里斯說：「其實也不是。當年和您分開之後，我很多年都不敢回北方，不敢入境俄爾德，不敢靠近北星之城，直到我參與了拯救寶石森林的遠征。自由城邦費西西特與奧法聯合會一起為我擔保，北星之城才完全撤銷了對我的通緝。很多人都覺得我仍然是危險人物，認為我很有野心，斡旋於權貴之間，替自己找到了幾座靠山。那些術士就是這麼想的，他們指出，既然教院容許我這種人任教，城市允許我這種人居留，那麼城主和法師們就沒有立場去監督術士『危險的施法行為』。」

洛特偷偷攬住法師的肩膀：「後來呢？難道他們把你辭退了？」

「沒有。後來教院、城主與珊德尼亞人達成和解，彼此做出妥協，事情就這樣結束了。到最後好像根本沒有術士什麼事，和解後的茶話會上，他們也沒邀請那兩個術士。當然，他們也沒請我，那時的我並不是什麼大人物。」

「呃，這麼一說，術士們的指控好像也沒有影響到你啊？」

「是沒有。」伯里斯說，「回憶起來，我也覺得自己的失眠很不值得。但身在其中的時候，我不可能不受影響。」

洛特想了想：「我在書裡看過一個說法，當你為一件事而憂心不已時，通常三天之後事情就會有轉機。第四天回頭一看，就會覺得自己的擔憂根本沒必要。」

「差不多是這個意思吧，但不一定是標準的『三天』……」現在伯里斯的腦子似乎不太能運作，他低著頭，無意識地捏著斗篷釦子，根本沒發現洛特的手臂已經環上了他的肩膀，「不過仔細想想，這話也不對。說話的人懷有善意，他想讓身處憂慮中的人堅強起來，但是，只要事情發生了，就不可能毫無痕跡地結束，不論是好事還是壞事。即使有轉機出現，即使事情結束了，它還是會留下痕跡，而你只能帶著這些痕跡繼續向前走。」

洛特努力地琢磨伯里斯的意思。法師說話太含蓄了，就像有話直說很丟臉似的。

洛特問：「那麼難道是……教院沒有辭退你，但大家都因此排擠你了？」

「也不算吧。」伯里斯苦笑了一下，「您能想像那種局面嗎？沒有人恨你，大家都接受你，但其實誰都不會真正地靠近你。從那以後我就明白了，只要我還是『伯里斯．格爾肖』，就會一直都會是這樣。」

這話倒是讓洛特有點開心：「所以你現在不是伯里斯了，你的身分是柯雷夫。現在我就靠你靠得很近。」

他模仿起法師的含蓄表達方式：「人和蟲子一樣有趨光性。人們能接受你，是因為你閃閃發光——我是說你的能力和成就，不是說你以前的頭頂。而人們不會真正靠近你，則是因為你身上留有冰原白塔投下的陰影。他們喜歡你的光亮，討厭你的影子，所以他們既不捨得遠離你，也不願意靠近你。」

伯里斯沉默了一會兒，問：「大人，我問一句話請您別生氣，剛才您說的那些，是您從浪漫小說上抄下來的，還是您自己想的？」

「當然是我自己想的！你為什麼覺得我是抄的？」

「因為……沒什麼，只是有點意外。」伯里斯也說不上是因為什麼。洛特確實一直很喜歡分析別人，但以往他的用詞都比較直接和不要臉，現在卻突然唯美了起來。

洛特得意地說：「綜上所述，我得出了一個結論。」

「什麼結論？」

「你根本不適合和人類在一起，只適合和我在一起。」

伯里斯這時才突然察覺到肩膀上的溫度。洛特是什麼時候貼過來的？我怎麼完全沒有意識到？

法師不自在地挪動了一下，兩人拉開了一點點距離：「我認為，現在不是談這些的時候……」

洛特詫異道：「什麼？我進來和你聊天，你也特別配合地對我講了一段辛酸往事，對我表達了內心的真實感受，我對此作出回應，和你暢想美好未來，這不是很順利嗎？你竟然說不是談這個的時候？那什麼時候才是？通常互訴衷腸是進一步發展關係的前奏，我們不就正在做這件事嗎？」

這回換伯里斯一臉詫異了。道理上也許真的是這樣，但是，一般人好像不會直接把目的說出來啊。

「我……我不知道怎麼回答您。」伯里斯決定坦誠，「我是真的沒準備好談這些，而不是在搪塞您。大人，我從來沒有遇到像您這樣聊天的人，和您溝通的時候，我的智商就會急速下降……」

「那好吧，」洛特點點頭，「談心也要分次數，一次不能談太多。」

伯里斯剛要鬆一口氣，洛特便開心地提議道：「那麼，作為談心的階段性結束，來接個吻吧。」

說著，那雙原本攬著法師肩膀的手立刻換了位置，按住了法師的後頸。

「什麼？」伯里斯好不容易才默默挪開了一點距離，現在又被帶回了洛特懷裡。

洛特進一步解釋：「這幾天我們一直都很忙，好不容易才進行了一次深入的情感交流，根據常識，在進行交流之後，兩個人是必須接吻的。」

「這是什麼常識？」

「這是你活了八十幾歲，早就應該懂的常識。」

因為浪漫小說上都是這樣寫的。主角們共同經歷一些事後都要坐下來談心，談著談著，他們就會接吻，甚至更進一步。

不過，洛特推測現在還不是「更進一步」的時候。踢個門都能把伯里斯嚇得差點心臟病發作，要是更進一步，他一定會驚嚇到窒息的。

而且洛特有自知之明，他自己也需要時間。

「你怎麼這麼僵硬？」洛特皺起眉頭，「又不是第一次了。前幾次你都特別坦然，怎麼接吻的次數越多你反而越害羞？」

對啊？為什麼呢？我也不明白啊？伯里斯不禁感到憂心，「智商下降」很有可能不是自嘲，他的智商搞不好真的下降了！

他傻乎乎地瞪著眼睛，腦子裡飛速重現前幾次接吻的情形：靈魂轉移、法術傳遞、小黑屋裡莫名的一吻……這麼一想，他們確實親吻過好多次了。

八十四年內從未發生的事情，竟然在一個多月內發生了這麼多次。

想到這裡，伯里斯的心裡有了答案：在突然面對新鮮事物時，人們常常無法立刻做出反應。他們還沒意識到發生了什麼，甚至下意識地忽視變化，認為新的事物不過轉瞬即逝。但當他們發現生活真的產生變化時，他們便會打從心底裡被震撼。

伯里斯見過很多類似的情況。比如德洛麗特——也就是奧法聯合會的現任議長，多年前她嫁給了一個歷史學者。後來有一天，她對同僚們感嘆，在婚禮上她根本不緊張，只覺得熱熱鬧鬧挺開心、挺新鮮的。婚後很多天過去，她才突然意識到自己立下了多麼重要的誓言，面對著多麼重大的責任。這時，她突然有點害怕，突然開始緊張，就像首次進入塵封已久且寶藏豐富的地下遺跡。

伯里斯自己也有類似的經歷，比如他剛離開寶石森林的時候。他活著離開了霜原與霧淞林，沒有被帶往北星之城進行審判，而是在別的城市暫時安頓下來。這時候，他要不是應該開心，就是應該擔憂未來。可是他都沒有。

後來他加入了一支商隊，負責分辨和整理法術藥材，偶爾還和幾個傭兵合作賺點小錢，這時，他逐漸才陷入喜憂參半之中，開始在巨大的壓力下唉聲嘆氣。

面對洛特也是一樣的道理。

致施法者伯里斯閣下及家屬

亡者之沼中的那個吻不算什麼。當時伯里斯用著一個又禿又殘的身體，滿腦子都是破除詛咒、兌現承諾。骸骨大君親了他又怎樣？那不過是一個姿勢奇怪的魔法而已，屬於極為特殊的情況。

傳遞神術的吻也不算什麼，這也是極為特殊的情況，有什麼了不起的。那時候伯里斯的內心迴盪著各種凜然誓詞：我曾在奧法之神面前許諾，願尊魔法為唯一真理，視世俗利益次之，必要時我甚至可以獻上靈魂，又怎麼會因為施法姿勢特殊而大驚小怪呢。

驛站小黑屋裡的那個吻……也不算什麼。伯里斯一直期盼骸骨大君來到自己身邊，等大君真的來了，他又一天到晚都在疑神疑鬼。他的疑心病被大君發現了，當時是他理虧，所以他只好縱容一下大君的任性。

每一次都被他判定為「特殊情況」，每一個吻他都解釋為「不得已」。

現在看來，這個思路是錯的。洛特巴爾德絕對是認真的，他既不是突發奇想，也不是故意要看別人的窘態。

所以伯里斯的智商就下降了。他沒辦法做出合格的回應，甚至，根本他不知道什麼回應才稱得上合格。

看到伯里斯悶不吭聲，也不反對，洛特先輕啄了一下他的額頭，然後開心地進行了「深入交談後必須進行的接吻」。

其實不止伯里斯難為情，洛特自己也很緊張，理智告訴他：伯里斯其實很喜歡他，不是真的討厭他靠近；伯里斯不是冰做的，不會因為擁抱而融化；伯里斯不是只有手掌大的小動物，不會突然死掉。但他還是挺緊張的。

他被囚禁了那麼多年，每一百年才能放風七天，除了這些七天外，他只能依靠從人間帶去的書籍排解無聊。

讀書讓無數渴望堆積在他心中，他嚮往的東西數不勝數，但一直不包含「親吻」。去海島探險或坐狗拉的雪橇都比書上寫的「接吻」有趣得多。曾經他一直是這麼想的。

直到六十幾年前，他認識了那個哭哭啼啼的小法師。

「剛才那個是談話後的吻，現在這個是早安吻。」洛特說完，又把嘴唇貼了過去。

「什……」伯里斯的疑問被堵在嘴裡。每一次心跳聲都化作了一句「怎麼辦」，不停叩問著他。

奧法之神啊，發生在床鋪上的早安吻？這已經超越了曖昧的範疇，屬於證據確鑿的程度了。

不久前，他在冬青村路過一家烘焙工坊，看到村衛隊的見習士兵吻了工坊主人的女兒。那個士兵看起來最多十五六歲，小姑娘大概只有十三四歲。他們當街摟摟抱抱，旁若無人地接吻，還吻了好幾秒，看起來相當熟練。

為什麼小孩學這些學得這麼快？

八十四歲的老年人就不行了。洛特吻他的時候，伯里斯幾乎僵硬得感到自責。

致施法者伯里斯閣下及家屬

很多人都說，想多學點東西就要趁年紀小，小孩子學什麼都很快，成年人就不行了，連幾句短詩都背不下來。

伯里斯一直不認同這個觀點。學不會，是因為你根本不想學。對於健康人來說，你的腦子服從你的意識，如果你的意識慵懶散漫，完全不催促腦子運轉，那它當然就不轉了。法師們一生都在不停學習新的知識，從沒見過哪個成年法師說我年紀大再也記不住咒語了。

同時，伯里斯也一直堅信：和頭腦有關的東西可以活到老學到老，和肢體相關的不行！比如擊劍。如果你是個老文書官，連菜刀都沒拿過，那麼你就不太可能在七十歲時學會劍術。除非你從小就是戰士，那麼也許你到七十歲也能威風凜凜。

接吻和擊劍一樣屬於肢體活動，所以十幾歲的小孩能很快學會，而八十四歲的老法師就很難適應。

洛特好笑地看著法師：「為什麼你一臉彷彿參透重大機密的表情？想到什麼了？」

「我有嗎？」伯里斯下意識摸了摸自己的臉。

「我知道你現在心情很複雜。」洛特靠回床頭，手指仍然捲著伯里斯的髮梢，兩人的身體距離總算拉開了一點，「你的內心十分矛盾，而且這種矛盾是不知不覺的。你是上了歲數的知名大法師，你不想表現得畏畏縮縮，即使沒有別人在看，你自己也會笑話自己，還會質疑自己的社會經驗。但是你又沒辦法不畏縮，你確實害羞，確實臉頰發燙，你甚至還有點害怕。你沒辦法否認這些感覺。沒關係的，你記住，現在你是二十歲的年輕人，而且你面前只有我，沒有別人。沒有人會笑話你，也沒人會質疑你。」

說到這裡，洛特停下來想了想，再開口時，聲音裡帶著藏不住的笑意：「前面我說的那些是為了開導你，讓你不要太不自在。至於我真正的想法……其實我希望你保持現狀。我就喜歡你這個樣子，你甚至完全可以再柔弱一點點，稍微再膽小一點點，我會特別樂在其中。」

伯里斯尷尬得頭皮發麻，愣了半天也不知道該怎麼接話。

每次和骸骨大君這樣聊天，他就會產生一種看到有人當街裸奔的錯覺。現在這個人不僅裸奔，甚至還要衝上來脫別人的衣服了。

突然，外面爆發出一陣喧嘩，算是解救了不知所措的法師。洛特跳到窗邊張望了一下，興奮地回過頭：「好像是紅禿鷲逃跑了！」

「親王的領地騎士真厲害，這麼多人都看不住一個術士……」伯里斯捏著眉心要下床，洛特卻按住了他的肩膀。

「你繼續休息吧。」洛特說，「我去幫他們就好。如果需要施法，帶上黑松也足夠了，你不用這麼辛苦。」

伯里斯想了想：「大人，如果抓到他……」

「你放心，我只幫忙，不親他。」

說完之後，骸骨大君直接從窗戶跳了出去。

致施法者
To Burris the Spellcaster and His Family Dependent
伯里斯閣下及家屬

Chapter 06

致施法者伯里斯閣下及家屬

羅賽．格林是被諾拉德放走的。

也許是出於虧欠，親王將羅賽安排在一間條件不錯的牢房裡。這間牢房是半地下的，有窗戶，有像樣的桌子和木床，以前只關押過文官和女犯人。反正羅賽戴著特製的鐐銬，沒辦法用法術逃跑。

凌晨時，諾拉德前去探望羅賽。他命令衛兵們退到兩道門外，單獨和羅賽聊了很久。幾分鐘前，衛兵們聽到諾拉德發出一聲尖叫，他們趕到囚室門口時，犯人羅賽已經不見了。諾拉德靠牆坐在地上，囚室窗戶的鐵欄杆被折彎了兩條。

看過現場後，洛特相當肯定，羅賽就是被諾拉德放走的。諾拉德好歹也在法師教院裡修習過，雖然能力一般，但折彎兩根細細的鐵條應該不成問題。主要是，那些鐵條實在太細了，哪怕不用法術，強壯一點的戰士都能徒手把它們掰彎。

諾拉德肯定在囚室裡等了一會兒，確定羅賽跑遠後他才噭噭大叫起來。洛特非常好奇他們到底聊了什麼，甚至……也許還做了點什麼，畢竟諾拉德在牢房裡待了好長一段時間。

「席格費，幫我找到他。」骸骨大君離開領主宅邸，站在清晨安靜的大街上。得到回應後，他閉上眼睛再睜開，藍眼珠變為朱紅色火苗：「席格費，給我你的所見所感。」

現在，骸骨大君看到的不再是空曠的街道，而是從高空俯瞰而下的城市與山林。席格費的眼睛帶著他越過整個銀隼堡，在山間盤繞幾圈，然後突然向下俯衝，在一塊橫在路面的枯木前攔住了人類術士。

獅鷲降落時的風壓把羅賽掀翻，他震驚地看著席格費，兩腿發軟幾乎站不起來。雖然吸取過不少煉獄元素，但他還從未親眼見過這隻深紅色的巨大獅鷲。

「羅賽·格林，你要去哪裡？」獅鷲口中冒出骸骨大君的聲音。

羅賽蜷縮在枯木後面：「你是什麼？你……你不是人間的生物……」

獅鷲（在大君的提議下）咆哮了一聲，紅黑相間的煉獄風格雙眼死死盯著羅賽，催促他回答問題。

「我要去哪裡？」羅賽小聲地說，「是啊，我要去哪裡呢？我自己都不知道。」

骸骨大君繼續透過席格費的嘴說道：「是我的力量幫你重獲青春，」反正席格費是他的造物，「即使現在你不能施法，你也應該也能感覺到這一點。」

羅賽專注地閉上眼睛，慢慢點了點頭。他沒讀過什麼書，不太清楚煉獄和流放位面是怎麼回事，但他可以清晰地感覺到，眼前的生物以及其力量絕對不屬於這個世界。

「你的身體變年輕了，力量也有所增長，可是你竟然只想著報復私人恩怨？」大君嗤笑道，「就算你殺了那個人，把他做成屍偶，他也不可能變成你想像中的愛人。就算你殺光他所有血脈，毀掉銀隼堡甚至整個薩戈，絲妮格也不可能再回到你身邊。」

其實，如果絲妮格剛死，她還是有可能被復活的。如果她還未穿越黑湖、還未走進奧塔羅特的神域，那他就有辦法把她的靈魂強行拉回來。雖然回來後她也只能當返魂屍。可是現在不行了，她都死了這麼多年，任何魔法或神術都不可能再找到她。

「那我又應該做什麼呢？」羅賽頹然地靠在枯木上，比剛才放鬆了一些，「這麼多年過去，我對他們的愛越來越少，仇恨卻越來越多。確實，我曾經對蘭托有一些不切實際的幻想，但現在……已經沒有了。我甚至可能已經不愛絲妮格了。我只想讓蘭托被痛苦折磨，憑什麼只有我一個人受苦？」

骸骨大君嘆了口氣，讓獅鷲向前走了幾步：「羅賽．格林，難道你從來沒有想過逃離這種命運嗎？你看那邊——」獅鷲昂首望向西邊，山腰上矗立著一塊黑色巨石，「如果你沒戴著手銬，你可不可以施法擊碎那塊石頭？」

羅賽瞇眼看了看：「應該可以……」

「看吧，你擁有這樣驚人的力量，可是你竟然什麼都不想做，只想著報復妹夫或者勾引外甥。」

「我沒有勾引外甥！」

「你先用魔法勾引小外甥女，想讓『妹妹拋棄哥哥』的戲碼再一次上演；然後你又用身體勾引大外甥，讓他帶你進城堡，甚至讓他幫你逃走。」

「塔琳娜的事我承認，但我沒有勾引諾拉德！」羅賽憤憤地大叫，「明明是他先勾引我的！我……我確實是利用了他，我真的只是利用他而已！」

獅鷲一臉詫異，不過人類分辨不出獅鷲的表情。骸骨大君的語氣帶著嘲諷，和獅鷲的表情並不契合：「嘖嘖，你竟然臉紅了，真是寡廉鮮恥，你可是他的舅舅啊……」

羅賽還想辯解什麼，獅鷲把一隻前爪踏在枯木上，他又把話咽了回去。被龐大的異界生物俯視著，不能施法的術士就像被狼踩在腳下的兔子。

「我不是來嘲笑你的，術士。」骸骨大君非常努力，終於壓抑住了八卦的欲望，「現在你有了年輕健康的身體，神志也恢復正常，而且還獲得了更強大的力量，你應該走上更寬闊的道路，而不是在狹隘的恩怨中越陷越深。我問你，操縱異界元素的感覺如何，有趣嗎？」

羅賽沒有說話，似乎在回味那種感覺。從他的的眼神中就知道，答案當然是肯定的。

骸骨大君說：「你所感知的元素來自煉獄，而我還可以讓你得到更多……比如神域元素。法師們都愛追求事業，我不相信術士沒有野心。據我所知，古時候是術士先察覺到了神術脈絡，然後牧師們才得以重建自身與神明的聯繫；後來也是術士發現了大陸以外的島嶼，並且幫助人們開發航海技術，有些術士甚至主動使用元素之力領航。當年那些術士的力量一般可能還不如你，但他們卻能做到這麼多事，所以你應該能做到更多。」

羅賽靜靜地聽著，目光越來越專注，神情也不像剛才那樣頹喪了。聽完之後，他對獅鷲頷首：「您需要我做什麼，來自異界的大人？」

「是的，我確實需要你的協助。」骸骨大君說，「你對元素有著敏銳的感知能力，我需要你成為『嗅探者』，替我尋找魔法擾流和位面薄點，特別是含有未知元素的那些。你要找到它們，記載下它們的位置和特徵，定期向我彙報。我有幾個手下也在做這些事，必要的時候，你們可以彼此協助。你是人類術士，術士的能力有時候非常有用。」

羅賽皺著眉：「但是，這很危險。來自異界的元素會侵蝕術士，這次我只是因禍得福，下一次就不知道會怎麼樣了……」

大君說：「我會給你一枚護身符，假如你再次遇到陌生的能量，護身符會保護你不受侵害。這樣一來，你就可以盡情使用擾流，沒有後顧之憂，而我也可以得到我想要的情報。」

羅賽答應了：「好的，我很樂意。但我要如何向您彙報？」

「伸出手來。」

術士伸出戴著鐐銬的雙手，獅鷲則向前探出尖喙。羅賽畏縮了一下，最終還是忍住恐懼，沒有收回手臂。

獅鷲用尖喙一劃，禁止施法的鐐銬「喀嚓」一聲斷成幾截。羅賽剛想收回手，獅鷲突然銜住了他的右腕，並在上面留下了一道橫向血痕。

傷口不深，看上去和普通割傷無異，甚至還有點像自殺失敗的痕跡。

骸骨大君說：「這道傷口很快就會癒合，然後會留下明顯的疤痕。有了這道疤痕，我和我的屬下就可以隨時看到你，尋找到你。你對我屬下彙報的一切都會傳遞到我的思維中。同時，這道痕跡也是我剛才說過的護身符。」

想了想，大君又補充說：「你別誤會，我是說我們『可以看到』你，並不是要『一直看』你。我們也有自己的生活，沒有那麼閒。」

術士無力地笑了笑，扶著枯木慢慢站了起來。獅鷲也向後退開，動了動翅膀：「最後，我要叮囑你。你要對這一切保密，不可以洩漏今天的談話，也不可以向別人透露我的行跡。別忘了，我們隨時能看到你。」

羅賽一鞠躬：「我明白。畢竟我也要隱藏自己的身分和行蹤。」

獅鷲點點頭，振翅躍上高空，術士靜靜行了一禮，轉身潛入茂密的山林中。

傍晚，蘭托親王下令撤銷通緝，把大多數騎士都召回城堡。

親王似乎不太介意讓紅禿鷲逃走，反而是諾拉德對此更加執著。他帶著一個小隊晝夜不息地搜索山林，後來還在小木屋裡駐守了幾個夜晚。

據說他差一點就能抓住羅賽。住在小屋裡的那幾天，士兵們在他的命令下兩人一崗輪流守夜。某天夜裡，所有人都莫名睏倦，一覺睡到了次日中午。醒來後，他發現屋裡少了些東西，比如背包、衣物以及藥材。一定是羅賽回來過了。

伯里斯和黑松則要負責把所有屍體送回墳墓，還要把碎掉的屍體縫回原本的模樣。這些事必須晚上做，畢竟在白天指揮屍體會嚇壞田間的農民。

兩個法師晝夜顛倒地過了七八天，終於把所有事情都善後完畢了。

離開銀隼堡前，黑松又找「學徒柯雷夫」聊了好久，大致上是希望小法師在導師面前多說幾句好話，別把他愚蠢的部分說給伯里斯聽。伯里斯愉快地答應了他。

致施法者伯里斯閣下及家屬

「小法師，之後你要直接回不歸山脈嗎？」等馬車的時候，黑松問。骨頭椅子又一次被炸碎，他來不及做新的，只能暫時坐馬車旅行。

「是的，你呢？」伯里斯也在等馬車，他雇了一輛足夠坐六個人的馬車，免得骸骨大君有理由緊緊擠在他身邊。

黑松抓著頭髮，讓自己的形象盡可能更陰鬱些：「不久前，我的老友們得到了一份古老的藏寶圖，上面的文字來自一種失傳已久的文明，他們需要我幫忙解讀。」

伯里斯在心裡翻譯了一下：黑松的冒險伙伴裡有一個蠻族人、一個昆緹利亞海島精靈和兩個半身人。這四人統統不識字，會說通用語但不會讀寫，所以黑松是他們的資深文化顧問。哦，那個海島精靈算是識字，但只限於母語。

黑松又說：「如果我們的旅程會路過艾魯本森林，我可能要回故鄉看一看。我已經太久沒有回去，恐怕很多精靈都不認識我了。上一次我回去的時候，他們甚至懷疑我有什麼邪惡的目的。」

伯里斯繼續默默翻譯：你確實有邪惡的目的，你打算回家要錢。你找我要錢之後，還要回老家再要一次錢。你父親是森林聚落的戍邊將領，經常不在家，你母親特別心軟，每次都會給你錢。你把自己的形象搞得如此陰森，一般的精靈確實認不出你，即使認出你，他們也會假裝不認識你。

黑松憂傷地望著遠處，他雇的馬車好像來了。

「其實……我還想找找奧吉麗婭。」他深情地說，「最近我想了很多很多，我不能輕易放棄她。你知道嗎?法師通常很難對別人動心，我們太孤僻、野心太多，而且大多數精力都放在魔法上面。但是，一旦法師動心了，他心中的火焰就很難再熄滅。因為法師都很固執，法師也很擅長堅持和忍耐。」

馬車停在府邸前，黑松也發表完深沉的演說，他整理著帽兜，向「小法師」和城堡裡的僕人們告別。

黑松的馬車絕塵而去，洛特的聲音突然出現在伯里斯身後：「這精靈說得還不錯啊，看來他也沒白活這麼久。」

「大人，」伯里斯指著從街角轉出來的馬車，「我們雇的車也到了……」

洛特才不會被人岔開話題：「法師都很固執，所以有些法師絕對不會開誠布公地談論情感，哪怕你再怎麼鼓勵他也不行。」

馬車停在他們面前，兩位車夫殷勤地幫他們搬運行李、打開車門。上路之後，洛特舒舒服服地坐在寬敞的軟座上，笑咪咪地看著對面的伯里斯：「以及，法師都很擅長堅持和忍耐，所以他才會花費六十幾年去兌現承諾，還主動把我拉進他的人生裡。」

致施法者伯里斯閣下及家屬

六十幾年前的霧淞林，神殿騎士的小隊冒著風雪連夜趕路，到天色濛濛微亮的時候，雪勢才漸漸變小。

即使被風雪拖慢了腳步，這時候也該走到希瓦河邊了，可是他們現在還在霧淞林裡打轉。每個人都看出來了，他們走的路和來時不同。

神殿騎士本來就不擅長叢林行動，更別說是在風雪交加的夜晚和凌晨了。茂密的樹林遮蔽了視野，天空十分昏暗，騎士們完全偏離了正確的路線，連東南西北都分不清楚。來的時候他們帶了一個嚮導，可是那名嚮導偏偏死在了法師塔裡。

你們竟然都不帶指南針，而且你們也沒給我時間讓我去拿指南針。伯里斯縮在囚車裡，嘆息著呼出一團白氣。

即使沒有工具，伯里斯也有辦法分辨方向。但騎士要求他無論何時都不能施法，所以他不能提供幫助。伯里斯並不是故意賭氣，畢竟迷路對他自己也沒有好處，他是真的不敢再違抗命令。他害怕皮肉之苦，更害怕萬一因此留下殘疾。

雖然不能施法，但他還是可以主動給一些言語上的建議。畢竟他比騎士們更加瞭解這片土地。冰原的野蠻人閉著眼睛都能走出樹林，伯里斯沒有這種能力，但他可以感知空氣中的魔法波動，幫助騎士避開可能潛伏著怪物的方向。

他們成功避開了一些怪物，卻被別的「東西」找上了門。

偵察兵最先發現了異常，有一些生物由遠及近圍攏過來，從兩側包抄，趕到了隊伍前方。

這顯然不是魔像，更不是野獸，因為野獸會直接從後方發動突襲。

他剛把這個消息彙報給支隊統領，隊伍前方的樹林中就爆出了震天的戰吼。一大群霜原蠻族從正前方衝鋒而來。

這群人高大強壯，手裡的武器卻相當簡陋。最好的是斧子，但有更多是鋤頭和簡易的短矛，甚至還有些人拿著鏟子、鐵鍋或木棒。

起初騎士們吃了一驚，來不及上馬的人被衝撞得跌倒在地，但作戰經驗豐富的軍人不會被這種粗糙的突襲擊潰，他們很快地重整隊形，開始反擊。

面對長劍、鍊錘和驍勇的戰馬，那些手拿農具、身穿獸皮的原住民根本不是對手。蠻族們被逼退了，怒氣衝衝地和騎士們對峙著。支隊統領以為這些人在劣勢之下會潰散敗逃，但他們竟然毫不退讓。

騎士們對生活在希瓦河北岸的原住民略有耳聞，他們原本是一支勇敢的遊獵民族，但自從伊里爾在霜原上定居，他們就一直被像牲畜般統治著。他們有一套自己的行為準則，比如背後偷襲只能在打獵時對動物使用，對人類則必須正面出擊，否則就是不榮譽的象徵。所以剛才他們放棄了從後方扇形包圍，非要從正面進攻。

「那個法師在說什麼？」統領回過頭。

伯里斯靠在囚車邊大聲地喊著，剛才噪音太大，沒人聽見，現在騎士們才聽清楚，他是在喊著一些陌生的發音。

致施法者伯里斯閣下及家屬

起初支隊統領以為這是咒語，旁邊來自河畔村落的騎士悄悄告訴他，這是冰原上的土話，和希瓦河南岸的方言類似，但又不太一樣。

一名最高大的蠻族站了出來，咬著牙掃視騎士隊伍，嘰哩呱啦說了一段話。接著，蠻族中鑽出一個小個子女人，把男人的話用帶著口音的通用語翻譯了一遍：「法師說，我們應該談話，而且要用大家都懂的語言，那我們就談話吧。」

支隊統領對蠻族女性躬身致意，然後看向高大的頭領：「我們處決了伊里爾，這對你們來說應該是個好消息。」

女人為雙方繼續翻譯：「當然，我們很高興他死了。」她指向囚車，「現在，你們放了他，交給我們，我們立刻離開。」

「你們是為了他襲擊我們的？」支隊統領回頭看了看伯里斯，「我懂了，因為他是伊里爾的學徒？你們可以放心，我們不會讓他逃走的，他再也不能傷害你們了。我不能把他交給你們，他是我們的犯人，我們要帶他到北星之城進行審判。」

這段話有點長，女人必須拆成很多短句才能翻譯。頭領聽完後用力搖頭，語氣十分激動，眼裡似乎要噴出火來。

女人倒是翻譯得比較委婉：「你們誤解了。我們不是要殺那個法師，他是我們的朋友。你們不能抓他。」

騎士們吃驚地面面相覷。女人望向囚車：「只有他偷偷運糧食給我們，還給我們藥。只有他對我們好。他殺死了我的妹妹……」

「他殺了妳的妹妹？這是對你們好？」支隊統領懷疑這女人的頭腦有問題。

「如果他不殺她，她就會變成怪物的母親！」女人大叫道，「她的肚子裡會長出怪物，折磨她好幾個月，然後撕開她爬出來！她一樣會死！」

這時，蠻族們紛紛大叫起來。他們吼出的都是零碎短句，女人不停地為他們翻譯，聽起來有點凌亂：「他是朋友，他教我們種蔬菜，伊里爾去死，他不能死，把他給我們，朋友，不怪你，那件事不怪你，你不去北星之城，我們只要他，你們會傷害他的，放開他，放開法師，不是犯人，他去別的地方，他幫助我們，我們幫助他，為朋友作戰……」

他們越來越激動，每個人都殺氣騰騰，一副隨時要衝上來不死不休的樣子。支隊統領試著和他們對話，但女人不再為他翻譯，蠻族越逼越近，騎士們再次舉起劍和盾。

突然，蠻族們停止了嘶吼。伯里斯喊了一聲，他的聲音很弱，還有點嘶啞，但他們立刻全都安靜了下來。

「阿夏，」伯里斯對那女人說，「沒關係，你們離開吧。我願意和他們走。」

名叫阿夏的女人激動地揮舞著手裡的小短矛：「不！他們把你當犯人！我們要救你！」

「我不會有事的。」法師安慰道，「他們要把我帶到一個更暖和的城市去。妳看，我確實為伊里爾工作過，我確實是罪犯。阿夏，在妳加入威拉的部落之前，妳偷了他們好多駝鹿，後來威拉是怎麼對妳的？」

阿夏看向那名高大的頭領，大概他就是他們口中的「威拉」。「他……他同意我加入他的氏族。」阿夏回答，「但我要先當囚犯，我要被觀察，觀察到他們信任我為止。」

「現在我也是這樣。」伯里斯說，「我也要先被觀察，先當囚犯。等到那些人信任我了，我就會恢復自由。阿夏，別擔心，將來我會回來看你們的。」

威拉聽不懂，有點著急，阿夏趕緊為他翻譯了一下。聽完之後，他面色痛苦地望著伯里斯，嘰哩咕嚕地問了一堆，他身邊的族人也七嘴八舌地說了起來。伯里斯不需翻譯就能聽懂，但他必須用通用語回答，免得騎士們以為他在打什麼暗號。

「等我回來的時候，我會帶防凍石給你們！」法師大聲喊著，以保證所有人都能聽見，「你們把它放在水袋裡，天冷的時候水就不會結冰了。我還會帶能夠快速生火的魔法燧石給你們，保證你們每個人都有一個！你們還想要什麼？告訴我吧，我會記住的！等我回來的時候，我會成為很厲害的大法師，會帶好多好多禮物給你們。」

阿夏翻譯了他的話。蠻族們聽了之後紛紛搖頭，又開始說個不停。從表情來看，他們並不在乎什麼禮物，只急於知道法師到底什麼時候回來。過了一會兒，大家的聲音弱了下去，現在只有頭領威拉一個人還在說話，說著說著，壯漢的眼角溢出一絲淚光。

伯里斯說：「我要很久以後才能回來看你們，我需要……很多時間。你們要耐心，要多保重。雖然冰原上沒有白塔，但還殘留著很多危險，你們要多加小心。」

聽完阿夏的翻譯，頭領威拉輕聲下了一句命令。蠻族們慢慢退開，為騎士隊伍讓出一條路。

族人們都無聲地遁入叢林，只有阿夏還站在路旁，看著囚車，看著一個個面帶疲憊的騎士。

「你們是不是要過河？希瓦河？」阿夏在隊伍後面大喊。走在最後面的騎士回頭看了看她，沒有搭話。

跑進森林前，她最後叮囑了一句：「法師！你要保護好他們！小心希瓦河！」

伯里斯知道她的意思，騎士們卻一臉茫然。

現在，伯里斯已經回到了不歸山脈的塔裡，回到了日常的研究生活中。

這一天，在尋找舊筆記的時候，他意外地找到了一條土紅色的皮繩。皮繩上拴著一枚指甲大小的白色石頭，石頭上刻著代表「隼目」的符號。

這是北方原住民送他的禮物之一，據說它能讓佩戴者耳聰目明，令其直覺精準，能預感到一切即將到來的危險。

伯里斯二十歲時離開霜原，快四十歲時才第一次回去。

那時他已經加入了奧法聯合會，還在希爾達教過幾年書，又和幾個生意伙伴組建了魔法材料商業公會。除了這些以外，他在寶石森林的行動中也是必不可少的功績之人，有兩個國家和一個自由城邦願意作為他的後盾，所以一向厭惡他的北星之城也不再找他的麻煩。

那趟旅程中，他帶了好幾個沉重的大木箱，裝滿了兩駕馬車，還雇了幾個傭兵幫忙看守和押運貨物。當時是夏季，希瓦河上沒有結冰，乘船過河時，傭兵們擔憂地對他說：法師先生，您這生意可不好做啊，希瓦河以北就是霜原蠻族的地盤，那些人又窮又凶暴，誰也不知道他們會做出什麼。

等真正遇到霜原人的時候，傭兵們被眼前的場面驚訝得說不出話。蠻族戰士們列成兩隊，像迎接貴賓一樣為伯里斯的馬車開路；到了他們部落的駐紮區後，蠻族小孩們個個都用通用語說了一句「日安」；一個胖胖的中年婦女被大家簇擁著走上來，拉著伯里斯的手又笑又哭；最後，他們來到一間最大的帳篷裡，因為打獵而斷了腿的老酋長眼含熱淚地與法師擁抱。

他們的朋友回來了，而且他真的變成了非常厲害的法師，真的帶給他們很多禮物。

伯里斯是下午抵達的，他留宿了一晚，第二天清晨和傭兵們一起回到了大河南岸。離開之前，蠻族們也送了他不少禮物，比如醃製的肉乾和野果蜜餞，光澤上好的完整獸皮，還有一些族人們自製的小紀念品。

今天一想，伯里斯覺得有點對不起那些老朋友。他其實並不喜歡霜原人的口味，所以他們送的食物基本都被送給傭兵了；他們送的獸皮和骨製工藝品也大多不知去向。畢竟已經過去這麼多年，伯里斯的住所變更過很多次。

沒想到，竟然還是有些小東西被留了下來，比如這條祝福人避開危險的「隼目」項墜。伯里斯盯著它，忍不住陷入關於北方的回憶中。

威拉酋長上了年紀後，腦子漸漸變得不太好，有時他連老婆和兒女都不記得，卻仍然記得被騎士們帶走的「法師朋友」。當年嬌小敏捷的阿夏後來胖得虎虎生風，還憑著聰明的頭腦成為酋長的得力助手。

伯里斯的回憶被一聲犬吠打斷。赫羅爾夫伯爵站在書房外，搖著尾巴，歪著腦袋，眼巴巴地看著伯里斯，小爪子踏出吧嗒吧嗒的聲音。

赫羅爾夫伯爵真的很聰明，牠才幾個月大，就已經知道不能隨便進入法師的書房了。除非伯里斯走出去，或者叫牠進來，不然牠一步也不會亂走。

「怎麼不去找洛特大人玩啊？他在哪裡？」伯里斯走過去摸了摸赫羅爾夫伯爵，這隻狗的體格比同種、同齡的小狗大了一圈，被軟毛覆蓋的肌肉也十分結實。

小狗轉身扭著屁股走向浮碟，每走幾步就回頭看伯里斯一眼。伯里斯知道這是要自己跟上去，於是他把「隼目」皮繩隨便掛在身上，跟著狗一起踏上浮碟。

來到起居休息室那一層時，赫羅爾夫伯爵聰明地抓住地面，停下浮碟。伯里斯和牠一起進入走廊，發現有一種突兀的香氣瀰漫在樓層之中。

休息室的大門緊閉著，赫羅爾夫伯爵乖巧地坐在門邊，像暗示般叫了兩聲。

「隼目」項墜的庇佑似乎真的有點靈驗——伯里斯突然有種非常不妙的預感。

致施法者
To Burris the Spellcaster and His Family Dependent
伯里斯閣下及家屬

Chapter 07

致施法者伯里斯閣下及家屬

打開休息室的門，伯里斯眼前頓時一片血紅——屋裡到處都是玫瑰花瓣！

赫羅爾夫伯爵「嗷」地歡叫一聲，縱身撲入花海，瘋狂地上竄下跳，激起層層紅浪。

整個房間完全被花瓣侵占，出現了一座座紅色丘陵，地板和座椅完全被淹沒，桌子也只露出一點點平面，吊燈旁邊還飄著一個同樣鮮紅的人形物體。

骸骨大君懸浮在半空中，手拿盛滿葡萄酒的水晶杯，身穿深紅色絲絨修身長禮服，禮服的胸前和袖口還點綴著銀色和金色的紋飾與水鑽，水鑽拼成了用花體寫成的精靈語單字，兩邊袖口上是「愛」，胸前則是「吻」。

伯里斯當場嚇呆了。

太可怕了。他哪來這麼多玫瑰花瓣？他怎麼會穿這麼可怕的衣服？太恐怖了！這種衣服究竟是誰構思出來的？是不是裁縫界的恐怖分子？

「親愛的伯里斯！」洛特旋轉著飄下來，下半身融進花海裡，「怎麼樣？有沒有覺得非常浪漫？」

「不，非常驚悚。」伯里斯誠實地說。

洛特艱難地來到桌邊，用分酒器倒了一杯紅酒給伯里斯。伯里斯搖搖頭，洛特只好遺憾地放下杯子。

「這又是您從哪本浪漫小說學的？」伯里斯無力地靠在門邊。

他對洛特的瞭解十分準確，這一套確實是從小說裡學來的。洛特在沙發上摸索半天，終於找出一本書扔給法師。

《當神燈愛上冰雪女王》。

「神燈？」伯里斯翻開封面，扉頁上畫著一個英俊強壯且穿得很少的男人，和一個美麗羞澀楚楚可憐的女人，她應該是冰雪女王，奇怪的是她竟然也穿得很少，看起來一點都不「冰雪」。

有一句話盤旋在心頭，伯里斯實在不忍心將它說出口：您能不能少看一點這種弊大於利的庸俗讀物？

洛特好像特別喜歡這本書，介紹它的內容時，他的臉上一直帶著情不自禁的微笑：「對，神燈。你應該聽過神燈的故事吧？其實神燈不是神，而是一個透過特殊法器被召喚到人間的異位面生物。有點像我，但比我弱，而且他並不能實現願望，他只能幫別人打架。總之，這個生物的故事後來變成了童話寓言，到處流傳。哦，對，還有冰雪女王，你知道她吧？就是往別人眼睛裡扎冰晶碎片的那個大美人。她和神燈不一樣，她完全是虛構出來的人物。

「這本書借用了兩個童話人物，講了一個過程跌宕、結局幸福的愛情故事。神燈被人類召喚出來後，召喚人想利用他打敗冰雪女王，沒想到神燈與女王一見鍾情，根本不願意對付她。種種跡象表明，冰雪女王並不壞，是人們誤解她了。神燈在愛情與咒語的束縛中痛苦掙扎，最終在同伴們的幫助下掙脫咒語、打敗壞人，和冰雪女王幸福地生活在一起了。」

伯里斯茫然地問：「這本書教別人在屋裡堆滿玫瑰花？」

致施法者伯里斯閣下及家屬

「我是在模仿其中一幕，」洛特揚起一捧花瓣，「神燈向女王表達自己的愛意，但又不能親自見她，因為他和她此時仍是敵人。於是，他趁女王離開時在她的宮殿裡堆滿了玫瑰花瓣——注意，是花瓣，不是花，因為神燈擔心花莖上的尖刺會傷害女王。其實我把這段改良了一下，我沒有在你的塔裡堆滿花瓣，你的塔太大了，而且你的實驗室和書房也不適合做這種事。如果是臥室，清理起來也比較麻煩，所以我只在這一個房間裡堆花瓣。」

堆滿玫瑰花瓣的房間裡不知何時又出現兩隻貓，一隻是名叫「小貓」的活貓，一隻是復生屍貓「小黑」。赫羅爾夫伯爵和兩隻貓在花瓣裡上下翻飛，玩得不亦樂乎。

「好吧……謝謝您，您考慮得很周到。」伯里斯捏著眉心轉身。

洛特喊住他：「等等！你要去哪？」

「我要回去工作啊。」

「又裝傻。」洛特從花海裡游了出來，一把抓住伯里斯的手臂，「我把該說的都說清楚了。你都八十四歲了，又不是十四歲，憑你的聰明才智肯定完全能明白我的意思，但你偏偏一直裝傻。你難道就不能正面和我談談？我們都摟摟抱抱過好幾次了，也接吻過好幾次了，你維持這副假正經的樣子還有什麼意義？」

以往的伯里斯肯定會啞口無言，但最近他逐漸學會應付洛特：「大人，在舞會上我也說得很清楚了。我沒有排斥您，更沒有裝傻敷衍您。我只是誠實地做出回應而已。」

「你這話說了和沒說一樣，狡猾的法師。」洛特嘴上抱怨，臉上卻笑意更濃。

伯里斯確實一直都沒有排斥過他。至於那種若即若離、半推半就、欲拒還迎的態度，洛特早就明白是為什麼了。從六十年前他就明白。

畢竟伯里斯是人類。人類身上有很多弱點，或者說缺陷。其中一項，就是「越是有成熟生活經驗的人類，就越難接受陌生的事物」。

如果你在前半生中從未見過或做過某件事，那麼你可能就會一直無法接受它。

從前的某次「七天」之中，洛特曾經見過一件事。

某個吟遊詩人發明了一種新樂器，他以簡陋的里拉琴和沉重的大豎琴為原型，在它們的基礎上加以改良，創造出一種琴弦精緻、小巧便攜、音色溫婉的樂器，大家都叫它「小豎琴」或者「懷豎琴[2]」。這種琴得到了精靈詩人和年輕人類藝術家的喜愛，一時間湧現了不少專門為它創作的新曲。奇怪的是，很多上了年紀的老詩人卻對它不感興趣，哪怕有人贈送一把琴給他們，他們也會婉言謝絕。

據說懷豎琴很容易學，只要你有大豎琴和里拉琴的基礎，稍微練習就能掌握它。即使如此，那些老詩人也不願意去嘗試，他們連碰一下銀弦都不願意。

同樣是排斥懷豎琴，老詩人們彼此的觀點也不太一樣。有的人是真的厭惡這件樂器，他們會組織一堆冠冕堂皇的優美詞句來批判它；也有的人並不討厭懷豎琴本身，他們不阻止別人彈奏，也不討厭它的音色，但就是不願意親自嘗試它。

2 懷豎琴是真實存在的樂器，但來歷和背景故事並不是這樣，這是我亂編的，僅限於這個世界內。

致施法者伯里斯閣下及家屬

不久前，洛特買過一把銀色的懷豎琴，它有二十四根弦，琴身上刻著精靈風格的紋飾，還嵌著雕工細緻的寶石。塔裡沒有人懂樂器，也沒有人會演奏，它被掛在起居室的牆上，安安靜靜地展現著自己的美麗。

伯里斯說它是「沒用的東西」。但前不久他也說過，他承認這東西確實很漂亮，會讓人忍不住駐足觀賞。

對於一個在八十四歲第一次接吻的法師來說，浪漫就是一把懷豎琴。而且，是老詩人面前的懷豎琴。

它非常美麗迷人，但他卻很難接受。

想著這些，洛特忍不住連連嘆氣。他從法師手裡拿回故事書，邊隨手翻閱邊感嘆著：「親愛的伯里斯，你知道嗎？浪漫小說不能只寫主角如何艱難冒險、如何辛勤工作，它必須盡快安排愛情的情節。在一定的時間內，兩位主角的關係必須有所進展，不然讀者們很快就會失去耐心的。」

法師微笑著走回浮碟上：「但人生不是小說，大人。活人也沒有『角色』那麼完美。作者想讓角色做什麼，他們就一定可以做到，但活人不行。」

「好吧，這點我認同。」洛特自然而然地跟了上去，「而且仔細想想，我們也不是毫無進展，畢竟我們經常摟摟抱抱，還接吻過好幾次……」

他故意頻繁地提起這些。每當他如此直白時，伯里斯一定會邊紅著臉邊努力保持雲淡風輕的表情。現在果然也是如此。洛特非常愛法師的這種表情，簡直讓人百看不厭。

浮碟沒有回到書房，而是飄去了有最大實驗室的樓層。伯里斯急於讓話題回到工作上：「大人，您現在有時間嗎？可以協助我做幾個實驗嗎？」

「當然有時間。」洛特笑嘻嘻地緊跟著他。

每次伯里斯這樣問的時候，他都會說有時間，他非常喜歡協助法師做實驗。伯里斯總是小心翼翼，生怕在實驗中冒犯到他，怕他覺得無聊。可是洛特從來沒有過任何一絲不悅。

在實驗室裡，他能一邊瞭解人類奧術，一邊欣賞認真工作的小法師，這不但不無聊，甚至還是一種享受。

在今天的某個實驗中，伯里斯需要保持專注地念出一段冗長的咒語。他施法時，洛特就在旁邊一臉愉悅地看著他，視線從沉靜的面容到念著咒語的薄唇，再到纖細的指尖，然後停在了法師左側肩膀。

等實驗階段性結束後，洛特用手指點了點伯里斯的肩：「剛才我發現這裡不太對勁，這是什麼？」

伯里斯愣了一下，揉了揉左肩：「是個徽記。剛才您是不是感覺到它的魔法波動？」

洛特點點頭。伯里斯捲起左邊袖子，袖子剪裁寬大、布料輕薄，可以輕鬆捲到肩膀。他的左肩上有一個烙痕，約有硬幣大小，線條十分細緻，那是一個小小的法陣。

「這是伊里爾留下的，他比較信任的學徒和僕人身上都有。」伯里斯說，「他活著的時候，這個東西能夠保護我們，讓我們不會被他的實驗品誤傷。剛才我的咒語裡有一部分和徽記同屬性的字元，所以徽記產生了一點輕微波動。」

洛特走近，托著伯里斯的手臂。二十歲的伯里斯皮膚白皙，手臂線條纖細，但又不會過分孱弱。真不錯，不知道肩膀、腰部和雙腿是不是也……法師們為什麼整天穿得又寬鬆又嚴實？為什麼法師不能穿得和鐵匠一樣呢？反正現在塔裡又沒有女學生。

洛特瞇著眼睛盯著伯里斯的手臂，根本沒看那個徽記。

法師乾咳一聲，移開手臂放下袖子。洛特這才一本正經地問：「這東西現在安全嗎？沒有危害？」

伯里斯說：「徽記是針對伊里爾的實驗品，它只與它們產生聯繫，也只對它們生效。現在它已經沒用了。」

「沒想到伊里爾還會這麼做。」洛特感嘆道，「我聽說他連同行都不放過，殺掉了好多不服從他的法師。保護別人？這一點都不像他。」

「您對他的理解十分準確。」伯里斯苦笑著，「這枚徽記……當然不僅是為了保護，而當年的我竟然沒有意識到這一點。」

霜原蠻族們離開前，唯一會說通用語的阿夏大喊了一句「小心希瓦河」。

確認周圍沒有跟蹤者之後，支隊統領騎行到囚車旁：「法師，剛才霜原人說的是什麼意思？」

「過河很危險。」伯里斯說。

「現在是冬季，希瓦河的冰非常厚，足夠讓……」

「不是這個意思，」伯里斯打斷他，「希瓦河裡有很危險的東西。可惜我沒有見過它們，沒辦法描述河裡有些什麼。我在信中提起過，難道您忘了嗎？」

「我們來的時候一切順利，只在河岸邊遇到了幾隻被改造的座狼。」

伯里斯說：「伊里爾一直用咒語控制河裡的東西，保證它們不會隨便製造麻煩。你們過河的時候，伊里爾正忙著準備一個很重要的實驗，所以他沒有喚醒那些生物。現在他死了，河底的東西自由了，我們返程時可能會受到襲擊。」

支隊統領想了想：「應該不會有問題。冰層非常厚，就算下面真的有什麼東西也無法影響我們。」

「大人，您是不是累了，也許您應該休息一下？」伯里斯終於忍不住心中的嘲諷，「否則，您的危機意識和常識怎麼會如此匱乏？希瓦河每年有將近一半的時間都處於結冰狀態，如果導師養的東西能被區區冰層阻擋，那他養它們的意義是什麼？讓橫穿河面的人們隔著冰層欣賞它們嗎？」

致施法者伯里斯閣下及家屬

支隊統領皺眉瞪著法師，攥著轠繩的手越來越緊。在他說話前，囚車旁的馬奈羅搶先問道：「法師，那你的建議是什麼？」

伯里斯說：「我們可以沿河向東北方向走，走出森林，直到希瓦河的東套地區。那一帶尚未被伊里爾染指，河底沒有魔法培養材料，怪物不會跑過去。而且河的對岸是珊德尼亞王國。」

支隊統領繃著臉：「不行，太遠了，這一趟至少要半個月。默禱者要求我們不得節外生枝，臨時改變路線有違命令。而且北星之城也不願意與珊德尼亞人打交道。」

伯里斯只知道這條路能走，卻並不瞭解珊德尼亞到底是什麼樣的國家。他默默地想，如果北星之城討厭珊德尼亞，那麼珊德尼亞也許是個不錯的國家。

「或者，你們也可以讓我施法。」雖然這樣提議，但伯里斯並不抱任何希望，「我有兩種法術可以幫助你們。第一種，我可以給你們每個人一枚徽記，伊里爾活著的時候，這種徽記能保證持有者不被河中的怪物攻擊，現在它作用有限，不一定能完全保護我們，但它肯定能迷惑怪物，拖延它們的行動。怪物看到徽記會以為伊里爾還在，等它們醒悟過來，我們已經快速通過冰面了。第二種方法，是我傳一封訊息給北星之城內的法師，讓他們向默禱者說明情況，詢問是否可以改變回程路線。也許默禱者會同意讓你們經過珊德尼亞。」

支隊統領冷笑：「說來說去，你就只是想施法而已。別心存幻想了，一旦你念出咒語，我們誰也不知道你念的到底是什麼。抱歉，我不相信你。這不是私人恩怨，如果將來神殿判定你無罪，我會鄭重向你道歉，但現在我不可能信任你。還有，我們也不會向默禱者請示那種可笑的改道方案，神殿騎士不會知難而退。」

說完之後，支隊統領策馬回到隊伍前方。伯里斯沒有再說什麼，他的臉被凍得僵硬，但他還是忍不住想笑。

你們不願意改變路線，既不是因為智慧，也不是因為勇敢，你們只是怕引起高階牧師的不滿而已。害怕被指責為懦弱，豈不是最為懦弱的懦弱？

也許你們真的會死在希瓦河上，這次我不會再幫你們了。我不敢再幫你們了，我身上有導師的徽記，怪物不會先留意到我。

但是……

伯里斯望向囚車邊。馬奈羅滿面愁容地騎行著，羊毛斗篷的邊緣被撕掉了一小塊。

凌晨某次休息的時候，馬奈羅從斗篷上割下一塊布料，偷偷把它塞進伯里斯手上的鐐銬縫隙裡，隔開了冰冷的金屬與皮膚。

馬奈羅仍然在生氣，但還是小聲解釋一句：「默禱者要求我們公正地對待俘虜。你們這些法師細皮嫩肉的，哪裡承受得了這麼沉重的鐐銬，再說了，萬一金屬黏住你的手腕，到時候有你好受的……」

這天上午，隊伍再次暫做休息。伯里斯看向馬奈羅，暗暗下定決心。

「馬奈羅先生……」他低低呼喚，「請過來一下好嗎？」

馬奈羅靠了過來：「怎麼了？」

伯里斯艱難地移動身體，靠在囚車欄杆上，將被銬住的雙手露在外面。「我想請你幫個忙，不知道你願不願意。」

他的聲音比之前更虛弱，他確實不舒服，但還沒痛苦到氣若游絲的地步，他只是覺得這樣更容易得到信任。

「你先說是什麼事。」馬奈羅語氣嚴肅，眼神中卻有一絲不忍。

「我的左手手腕上有條細繩，上面掛著一枚陶製的戒指和一枚打了洞的玻璃珠，看到了嗎？」

之前替鐐銬塞布條的時候，馬奈羅就已經看到了戒指和玻璃珠。他沒有太在意，畢竟法師們總是攜帶著各種零碎的小東西。

「請你把它們摘下來。」伯里斯說，「它們不是魔法物品，不會傷害到你的。之前你也碰過它，對吧？是這樣的，這枚戒指……是我的親人留給我的。從有記憶開始，我就一直帶著它，可惜我不知道那位親人究竟是誰。也許它是我母親的小手工藝品，或者是我父親家族的標誌，我猜想過很多可能……」

馬奈羅小心地解開細繩，把戒指和珠子拿在手裡：「你想讓我幫什麼忙？辨認上面的圖案嗎？」

「不是。」伯里斯小聲說，「馬奈羅先生，即使到了北星之城，我也不會立刻得到判決，對嗎？一切都需要時間，在這期間，我希望你能替我保管它，直到我洗脫罪名，或被宣判有罪。」

「為什麼？我是說，為什麼你不能自己拿著它？」

「因為我怕連累家人……如果他們還活著的話。我沒有見過父母，不知道他們是否還在世，可是萬一我有兄弟姐妹或者其他遠親呢？如果戒指真的和我的家族有關，那麼別人可能會透過圖案找到他們。一旦我被宣判有罪，我的親人難免會被指指點點。家族裡有個孩子為白塔之主伊里爾服務，這可不是什麼好名聲。不論我下場如何，我的親人都不該被連累，他們根本沒見過我，所以無須分擔我的罪責。」

馬奈羅握緊戒指：「我懂了，我會幫你保管好它。在你的宣判結果出來之前，我不會把它給任何人看。等你被宣判無罪之後，我再把它還給你。」

「如果我被宣判有罪，請幫我毀掉它。」

年輕的騎士嘟囔了一句「不會的」，謹慎地將戒指和珠子收進腰包裡。

「對了，這枚珠子又是什麼？」

伯里斯虛弱地一笑：「這個……是一個女孩送我的。我不知道她的住址和姓名，只知道她家在河的對岸。幫我保管它一陣子吧，我自身難保，就更難保護這麼小的東西了。」

馬奈羅十分理解地點點頭：「我懂了。你說的女孩估計是俄爾德人，現在只有我們俄爾德人敢靠近希瓦河。」

伯里斯叮囑道：「先生，其他騎士都能看到我們正在談話，如果你的朋友或上級問起，請你只向他們展示珠子，千萬不要拿出或提到戒指。畢竟珠子上沒有任何標誌，它不會牽連到那個女孩，而戒指就不一樣了。求你了，請一定……」

「別擔心，我明白。」看馬奈羅的表情凝重，伯里斯暗暗放下了心。

其實根本沒有什麼「河對岸的女孩」，玻璃珠原本是某個魔法工具的配件，現在已經沒用了。

伯里斯編出珠子的故事，只是為了提供馬奈羅一個方便的撒謊工具。支隊統領肯定會問他和法師談了什麼、法師給了他什麼，要他編故事撒謊是不太可能的，所以伯里斯必須給他一個現成的謊言。

當然，隱瞞戒指的存在也是一個謊言，而且需要馬奈羅主動隱瞞。伯里斯毫不懷疑，馬奈羅一定會做得很好。

都說神殿騎士一向誠實待人，絕不撒謊，其實也未必如此。為了血親的榮譽，為了善良的女孩，對神殿騎士來說，這些動機高尚而合理，建立在高尚基礎上的謊言都不算謊言，這種隱瞞不但不可恥，還能賦予他們一種幫助弱者的滿足感。

戒指上雕刻的根本不是什麼家徽，而是伊里爾的保護徽記。伯里斯自己的徽記在肩膀上，其他居住在塔內的學徒和僕從也是如此，這類戒指是臨時工具，用來借給偶爾出入白塔的人。

因為迷了路，騎士們又在霧淞林裡耗了整整一天。

上午，他們遇到了一隻長得像巨大狼獾的改造生物。它的大腦暴露在外，身上插著很多奇怪的器具，估計是伊里爾死後掙脫束縛跑出來的。這東西雖然凶猛但智商不高，騎士們應付起來也沒花太長時間，有兩個騎士受了點傷，好在並不太嚴重。

中午，在伯里斯的建議下，他們繞過了一片林木稀少的區域。那個方向看似好走，其實散發著濃重的不死生物氣息，那些東西蟄伏在凍土下，活人的靠近很有可能會將它們喚醒。

北方的太陽落得很早。天色再次暗下來的時候，他們終於看到了希瓦河。

來的時候，騎士們不是走這條路。那時他們走的河面不寬，一眼就能看清對岸，現在他們面前的大河卻寬得不可思議。

伯里斯從囚車柵欄望出去：「還沒到希瓦河……這是鏡冰湖。」

聽他這麼說，旁邊的馬奈羅反而面露喜色：「鏡冰湖？這麼說我們不僅沒有偏離路線，還距離北星之城更近了！」

鏡冰湖和希瓦河相連，湖面每年的結冰期比希瓦河還長。這裡比預計的路線更靠近北星之城，來的時候，支隊統領考慮到森林更加利於隱蔽，所以故意沒有走湖面，而是選擇了一條略微繞遠、河面較窄、兩岸植被茂密的路線。現在要返程了，也許從這裡走反而更快。

看著落雪的湖面，支隊統領下令繼續從湖面前進。走過冰湖後還有一小段河灣，然後又是一段河面，再向前走就是北星之城和俄爾德交界的地方了。

致施法者伯里斯閣下及家屬

踏上冰面之前，伯里斯被從囚車裡放了出來，由兩名騎士押送著步行。他們暫時打開鐐銬，讓法師被反剪的雙手回到身前，然後重新把鐐銬鎖好。支隊統領雖然態度強硬，但還是細心地顧及了俘虜的安危。

伯里斯看著支隊統領的背影：「我不建議你們走鏡冰湖，這一帶的水底有東西，鏡冰湖比希瓦河更危險。最好向東走，繞過去，找窄一點的河面。」

但你們肯定不會聽我的，他在心裡默默補充。

果然，支隊統領說：「湖面看起來很大，但從這裡走反而更省時間。」

「我提醒過你們了。」法師無奈地低下頭。支隊統領也沒有再理睬他。

踏上冰層後，兩名生於北方的騎士走到了隊伍最前方。他們比較擅長觀察冰面，可以分辨哪個方向更安全。

積著厚雪的冰面非常危險，人們不僅看不清冰上的紋理，還很容易一腳踏進被稱為「雪橋」的陷阱。

雪面保持平整，雪下的冰面卻有缺口或裂隙，裸露著流水——這就是所謂的「雪橋」。如果有人一腳踏進去，他會立刻被水流沖入冰層下面，積雪讓冰層之下更加黑暗，落水者很難再找到裂隙並爬上來。

他們真的遇到了雪橋，而且遇到了三次。好在兩個北方人有豐富的越冬經驗，他們用長槍和路上積攢的石頭探明危險，帶著大家繞了過去。

「我覺得不對勁，」其中一名黑髮騎士嘟囔著，「現在的冰層應該很扎實，怎麼會有這麼多雪橋……」

「我們來的時候不是從這邊走的，可能這裡溫度不一樣。」另一個騎士說。

說完，他把長槍探向前方的雪堆中，輕輕抖了抖。積雪簌簌裂開，下面又露出了深色的湖水。

「看，又一個。」他回頭看向同伴，手裡的長槍卻突然掉了下去。

騎士驚悚地望向湖水。他清晰地感覺到，長槍是被一股力量拖進水中的。

他的反應很快，立刻高聲提醒大家注意。話還沒說完，他面前的冰窟中便浮現出一抹白色。

一隻灰白色的手從水中探了出來。

它不是人類的手，甚至不屬於人類的屍體。

這隻手掌連接的不是手臂，而是柔軟粗壯的灰色蛇身。

致施法者伯里斯閣下及家屬

To Burris the Spellcaster and His Family Dependent

Chapter 08

致施法者伯里斯閣下及家屬

「十分感謝您的幫助，大人，這個測試結束了。」

「還有什麼測試嗎？太好玩了，我沒玩夠。」

伯里斯從筆記中抬起頭，無奈地看著洛特。其實剛才的測試沒什麼好玩的，骸骨大君復生了一隻泥形殺手，或者應該說，一隻粉碎的泥形殺手。

泥形殺手不是自然生物，是被歷史上一個名叫「帕爾米」的施法者發明出來的。這種東西看起來像泥土，摸起來也是泥土，大部分時間也真的只是一堆沒有任何特徵的泥土。但它能伸展成平面，包裹覆蓋住大片土地，也能壓縮成杏仁大小，偽裝成堅硬的小石塊，還能依靠拉長壓扁的能力鑽過細小縫隙，潛入堅不可摧的要塞。初代產品就是用來實施暗殺的，所以才被命名為「泥形殺手」[3]。

後來這項發明被法師們慢慢改良，出現了各式各樣的變體。初代泥形殺手依靠包裹擠壓來殺死目標，目標窒息後，它會把屍體吐出來。後來有個古代精靈法師極具創造力地在泥形殺手體內設置了傳送陣，被吞噬的目標會被自動傳送到法師希望的地方。死靈法師們對泥形殺手進行的改良最為恐怖，他們幫它增加了麻痺和消化功能，生物被吞噬後會保持清醒，但無力抵抗，直到慢慢被腐蝕成白骨。

3 泥形殺手也許會讓人聯想起泥怪（ooze，一種很多故事和遊戲中都出現過的怪物），但泥形殺手指的並不是它。泥形殺手弱小許多，它不自動狩獵，需要被啟動，而且預設版本沒有腐蝕性（但可以依施法者添加各種能力），它只是因為能滲透和塑形，所以擅長潛入各種地方進行暗殺。它還可以被塑造成一堵牆、一座雕像、一個石磨、一扇門等等，如果哪個法師想偽裝成藝術家，用它來抄襲別人的雕刻作品會很方便。這個故事大部分魔法都挺弱的，魔法生物（造物）也是。

還有一些法師比較古怪，他們賦予泥形殺手自動變形的功能，這種「變形」不是簡單地捏扁揉圓，而是變形成各種動物或人類的形狀。當然，即使變形了，它們的質感依舊是泥土。依靠這個功能，泥形殺手可以偽裝成雕像，甚至偽裝成神像。

伯里斯也製作過泥形殺手。他的高塔並不是由人類建造，當初他只雇了兩名人類建築師，他們負責設計和指導，幾個半智慧魔像負責執行命令，而具體的工作幾乎都是由泥形殺手完成的。

在伯里斯看來，讓泥形殺手搞破壞才是大材小用。它們有出色的負重能力、移動能力和身體延展力，只要控制合宜，它們能在很多地方擔起重任。

比如，不歸山脈附近有條河，夏秋之際經常因上游雨水而氾濫。於是伯里斯在河道附近安放了一群泥形殺手，它們平時沉眠在野地裡，一旦河水超過警戒線，它們就自動擴展身體，變形成堅不可摧的堤壩。河水恢復正常後，「堤壩」會自行回歸原位，河流兩岸的美景與泊船點都不會受到影響。

伯里斯的塔裡也有一些暫時不用的泥形殺手。它們縮成一顆顆圓圓的小石頭，安靜地躺在盒子裡，伯里斯還幫每顆球都搭配了一條柔軟的小手巾。

有些泥形殺手會因為種種原因而受損，失去活性，變回碎裂且乾涸的魔法黏土。伯里斯的塔裡就保存著這麼一個損壞的泥形殺手。學徒都說他太念舊，但伯里斯就是捨不得扔掉它，萬一有哪天還有什麼用處呢？

致施法者伯里斯閣下及家屬

現在，骸骨大君完全復生了碎裂的泥形殺手。當然，他還是用嘴施法，幸運的是這個泥形殺手真的有嘴——一張殘留在碎片上的人工嘴巴。

在骸骨大君捧著碎片親吻時，伯里斯坐在一堆儀器之中，施法觀測具體的法術波動。

這和之前的施法不同。之前屬於「治療和重置活物」，本質上是神術，而復原「嚴重損毀的魔法物品」則又是另一回事。大君不僅逆轉了泥形殺手的損傷，還完全恢復了它應有的魔法效果，並且在整個過程之後自動獲得了對它的控制權——被修復之後，這枚泥形殺手所有的能力都恢復了，但它不再效忠於伯里斯，而是將洛特認定為主人。

這倒不是很重要，伯里斯再塞給它一顆魔法藥劑就能重新控制它。他沒有這麼做，反正它只是個能力基礎的老舊型號。

更重要的是，洛特在這一修復過程中同時啟用了神聖、不死和煉獄三種力量。逆轉損傷需要復原之力，修復其上的法術需要不死系的對應法術，默認奪取控制權則是煉獄力量的特徵。記錄下這個過程十分重要。伯里斯可以慢慢分析其中的細節原理，這些參數可能會為未來的魔法研究與法術研發提供捷徑。

法師一邊思考與記錄的同時，洛特已經和復活的泥形殺手玩了起來。洛特讓它變形成一個雙耳壺，他站在房間另一端往壺裡丟玉米片，然後他又讓它變成巨型版的赫羅爾夫伯爵，讓它把玉米片遠遠地吐出來，吐到門外去，而走廊裡真正的赫羅爾夫伯爵則開始沿著拋物線追逐玉米片。

等伯里斯抬起頭的時候，泥形殺手變成了洛特的模樣。它擺出昂首挺胸的姿勢，維持著燦爛的笑容，身上沒穿衣服，有點像廣場噴泉上的雕像。

「這種測試很好玩。」洛特摸著下巴欣賞著自己的「雕像」，「伯里斯，你還有沒有好玩的測試？別客氣，儘管來。」

伯里斯看了一眼雕像，目光飛速地移了回來：「難道您不能幫它塑造出衣服嗎？泥形殺手可以連衣服一起塑造的。」

「你是不好意思看我的裸體嗎？」洛特故意眨眨眼，「沒事，那不是我的裸體，我只是讓它變成沒穿衣服的雕像然後長著我的臉而已，實際上它的身體細節和我的並不一樣，比如我的……」

伯里斯拿起筆記資料，站起來往外走：「今天的測試已經結束了。您想不想出去走走？桑達里鎮的月末集市又開始了，我記得您挺喜歡那裡的……」

洛特跟了上去，盯著伯里斯的背影偷笑。果然，小法師又不好意思了，真可愛，我都說那不是我的裸體了。

這一層全都是各種實驗室和器械室，路過其中一扇門的時候，洛特聽到了噗嚕嚕的水聲，就像大水池裡有人在翻騰游泳一樣

「伯里斯，這是什麼？」洛特好奇地叫住法師。這裡是塔內高層，按理來說不會有水池，

致施法者伯里斯閣下及家屬

大概是用空間魔法開闢出來的。

伯里斯回過頭，看著門牌號碼愣了一下。「這個是……您見過的東西。」

「我見過？」

「您把赫羅爾夫伯爵趕走，我打開門給您看。裡面的東西不會傷害我們，但我怕它攻擊狗。」

赫羅爾夫伯爵相當聽話。洛特一聲令下，牠便跑到樓梯邊跳上浮碟，乖乖地降到起居的樓層。

伯里斯念起咒語，同時觸摸門上的符文。打開門後，裡面是一個比外面所見還要大很多的房間，房間內空蕩蕩的，除了中間的圓形水池外沒有任何設施。

水池裡翻騰著一些東西。洛特毫無畏懼，反正沒什麼東西能傷到他，他走到池邊，看見池底有許多白蟒在糾纏游動。

其中一條游到了池邊，半個身體探出水面。洛特這才看清，這根本不是什麼白蟒，它的身體是手臂粗細的蒼白色細長肉條，像蛇一樣可以蜿蜒前進，而末端頭部的地方，卻長著一隻人類的手掌。

「這不是你導師的那個……」洛特驚訝地看著它。手掌蟒似乎感覺到眼前的生物它得罪不起，便慢慢縮回水底。

伯里斯也走上前：「是啊。後來我重回希瓦河，把裡面的東西清理了一下。有些被我殺掉了，也有些被我移植到別處。您看，灰色的那些是當年伊里爾創造的，純白色的是後來我創造的。」

「你在養這個?當年它們差點殺了你。」

「我養殖並改良它們。」伯里斯說，「它們有一定的軍事用途，可以用在河道和海洋防線上。只要施法者操控得當，它們完全可以被安全利用。」

「當年伊里爾死後，這些東西就不受控制了……」說到一半，洛特察覺不妥，趕緊摟住身邊的伯里斯，「當然了，我不會讓你死的。我只是說……你在任何情況下都能控制住它們嗎?」

伯里斯笑了笑：「別擔心，它們和過去不一樣了。現在如果操縱者死亡，或者法術連結因任何原因被切斷，它們會立刻失活，而不是自由掙脫。您知道嗎?薩戈王都的護城河裡就有這些東西。」

上次去王都的時候，洛特專門留意過護城河。聽說有的城邦會在河裡養鱷魚，薩戈王都的護城河裡沒有鱷魚，他還小小地失望了一下。

「國王知道嗎?」洛特問。

「帕西亞陛下知道，真理塔高層和一部分大臣也知道。薩戈法律禁止平民使用護城河，民眾也知道河裡有危險生物，不會輕易靠近。但他們知道的版本不是手掌蟒，而是能放電的水虎魚。這已經足夠阻止一般人窺探了。」

致施法者伯里斯閣下及家屬

水虎魚，聽起來確實比鱷魚還有效率。「還有哪裡有這些東西？」洛特非常好奇。

「還有不歸山脈附近的幾條河。不過我沒有啟用它們，它們處於長期休眠，就算有人下河裸泳或潛水挖河螺也不會出事。黑崖堡附近的海域也有一些，同樣是未啟用的狀態。」

「黑崖堡？南方奧塔羅特騎士團的駐守地？就是艾絲緹公主的情夫駐守的地方……」

「奈勒爵士是艾絲緹的戀人，不是情夫。」伯里斯糾正道，「是的，就是那附近。是艾絲緹向我提議的，這件事只有她和我知道。而且，那片海域裡的手掌蟒不止由我操控，艾絲緹也有控制權。」

「為什麼？她怕奈勒對不起她？一旦他們分手，她就會命令海裡的東西將他撕碎？」

「您在想什麼呢……當然不是，她是想保護他。黑崖堡是海港城市，與幾個重要島嶼遙遙相望。百年前，這一帶出現過海洋類人種族攻擊船隻或上岸劫掠的情況，後來人類和昆緹利亞的精靈合作，把那些生物驅趕到大洋深處。從那之後，薩戈南方的海面就一直維持安穩，除了偶爾有海盜穿行以外。那場戰役在歷史上很有名，當年的黑崖堡騎士團在戰役中損失了大半兵力。艾絲緹是個特別容易把事情往壞處想的孩子，讀了那段歷史後，她總是擔心再有類似事件發生，擔心奈勒爵士遇到危險，所以她和我偷偷布置了海中的手掌蟒。這樣也好，居安思危是件好事。」

「原來如此。」洛特對故事中的「海洋類人種族」有點好奇，他讀過相關的故事，但從沒親眼見過牠們。

兩人走出房間，到樓梯口踏上浮碟。伯里斯想了想，嚴肅地盯著洛特：「大人，幾天後我們就要去五塔半島了，到了那邊，您不要提起今天看到的東西。」

五塔半島研修院位於大陸東海岸，它不僅是法術教院，還是一座小型自由城邦。研修院每隔三年舉行一次峰會，在校師生和曾在此學習的法師們會齊聚一堂，交流知識，互通有無。

伯里斯是五塔半島的校董之一，自然不能缺席。不，其實他缺席過好幾次。每次缺席他都用薩戈皇室當作藉口，自稱公務在身，然後派一個學徒代表他去隨便旁聽一下。

今年的峰會他倒是想去，他對其中一個觀測虛空界的成果發表會十分感興趣。只可惜，德高望重的老法師想出席也不行了，他只能派名為柯雷夫的「學徒」去參加。

洛特對這趟旅程非常期待。本來伯里斯不想帶他去，但洛特一旦執著於某件事就不會輕易放棄，伯里斯根本沒辦法拒絕他。

「你是說，別提起手掌蟒？」洛特一想到五塔半島就非常興奮，他喜歡看新奇精彩的東西，還有什麼比法術大會更新奇、更精彩呢？

伯里斯點頭：「參與會議的法師來自各個國家和地區，而手掌蟒在某種意義上，也算是薩戈的軍事機密之一。還有，它畢竟是由違禁法術製造出來的，雖然這種事在法師之間心照不宣，但我身為校董，不管如何都要做做樣子，很多事不能太明目張膽。」

洛特答應他，又忍不住問：「說真的，我有點好奇。伯里斯，當初這些東西差點殺了你，你對它們一點陰影都沒有嗎？剛開始養它們的時候，你不害怕？」

致施法者伯里斯閣下及家屬

問完之後洛特就看出來了，伯里斯肯定害怕過，因為他沒有馬上回答。

「剛開始確實有點害怕，後來慢慢就不怕了。」法師微笑著說，「因為我意識到，伊里爾做不到的事，我全都能做到。」

手掌蟒鑽出冰面的瞬間，負責探路的騎士立刻拔劍砍了上去。

他本以為一劍就可以斬斷這東西，誰知那些蛇形觸腕看似柔軟，其實卻像實心精鋼一樣堅硬。一次劈砍之後，觸腕分毫不損，劍刃的受力處竟出現了細小的捲邊。

與此同時，數條同樣的怪物從積雪的冰面下冒了出來。支隊統領指揮眾人變為防禦陣形，一邊觀察怪物的動向，一邊盡可能快步向岸邊移動。現在他們也顧不得什麼雪橋，只想快點上岸。所有人都明白，就算他們可以和怪物搏鬥，也沒辦法對抗開裂的冰層。

伯里斯也沒見過手掌蟒，只在伊里爾的筆記上看過相關內容。他用嘶啞的聲音盡可能地高聲呼喊：「不要讓它們碰到你！它們會讓你的身體麻痺無法反抗，然後把你拖進河底！」

筆記上還有其他更可怕的內容。它們能分泌一種液體，讓人麻痺的同時又不會被水淹死。被它們擒獲後，你能在水下多活一會兒，然後它們會用手撕開你的皮膚，折斷你的骨頭，挖出你的內臟。在這個過程中，你會一直保持清醒。

他身邊的馬奈羅忍不住問：「它們吃人？」

「不，它們不吃東西……」

「不吃人？那為什麼要攻擊我們？」

「因為它們不是動物。」說這些時，伯里斯的臉色越來越蒼白，「它們是處刑工具。」

支隊統領靠過來，小心地移動步伐：「法師，這東西一共有多少？」

「我不知道，」伯里斯顫抖著搖頭，「我也是第一次見到……真正的……」

「它們似乎沒有立刻撲上來？」

也許……是因為它們察覺到伊里爾的氣息？伯里斯思考著。大概它們有點迷惑，不確定現在是不是大肆狂歡的機會。

「那我們快點走，也許它們……」

伯里斯的話還沒說完，前方卻突然傳來一聲驚叫。

伴隨著厚雪迸裂的聲音，一匹馬滑入了冰隙之中。本來手掌蟒在謹慎觀望，這下它們直接接觸到了落水的生物，全部激動地沸騰起來。頓時，整片冰面開始震顫。

馬匹開始慌亂奔逃，然後被怪物一個個拖入冰窟。騎士們只能擋開四面八方的攻擊，卻無法真正傷到那些怪物。這次伯里斯也沒什麼辦法，他的能力尚不足以控制手掌蟒，而且他現在也沒有能派上用場的攻擊法術。

在倉皇奔逃的過程中，伯里斯不時回過頭，發現馬奈羅一直護在自己身邊。

他正想說點什麼，卻突然臉色煞白。他發現了一件恐怖的事情。

手掌蟒的腕臂上開始浮現出一些光點，光點漸漸連成線條，組成了圓形的徽記。那正是伊里爾的「保護徽記」。

當發光的徽記圖案徹底固定住之後，手掌蟒紛紛調轉方向，不畏懼刀劍，硬扛著劈砍不停前進。它們全都向著伯里斯和馬奈羅蜿蜒而來。

伯里斯明白了，那不是什麼保護徽記，而是一個惡毒的詛咒。

在伊里爾活著的時候，怪物會避開持有這種徽記的人；而在伊里爾死後，徽記變成了一道死刑命令，他留下的處刑工具會優先捕殺持有徽記的人。

伊里爾做好了萬全的準備。一旦他喪命，他的學徒、奴僕、盟友和下臣，誰都無法離開。主人被處決，奴隸們快樂幸福地走向自由？哪有這麼好的事。

伯里斯向馬奈羅大喊，讓他丟掉腰包裡的戒指。但周圍一片混亂，馬奈羅好像根本沒有聽清楚他在說些什麼。當他想開口詢問時，一股強烈的衝擊自腳下迸發而出。

他們腳下的冰面被撞開一個大洞，兩人沿著碎冰滑進水中。

馬奈羅的劍脫了手，他本能地攀住旁邊的冰塊，伯里斯則飛快地在自己腳下施展了一個弧形護盾。護盾讓他暫時不會下沉，也能暫時擋住可能從下面出現的東西。可惜的是，他的護盾太小了，能持續的時間也太短，它只能護住伯里斯，卻無法覆蓋馬奈羅所在的範圍。

馬奈羅用力向上爬，想握住自己的劍。但一隻手掌蟒突然出現在他面前，和他的臉相距不過一拟。

這麼近的距離下，他看到了怪物觸腕上的痕跡。

他見過這個圖案，而且把細節記得很清楚。

他並沒有過目不忘的本事，之所以能記得這麼清楚，是因為他偷偷看了那枚戒指很久。這可能是小學徒的「家徽」，所以他把戒指拿在手裡翻來覆去地觀看，回憶自己是否見過類似的圖案，想想熟人裡有沒有誰對沒落的古老家族比較有研究。

手掌蟒的指尖觸到了他的臉頰，溫柔得像少女的愛撫。看著觸腕上的痕跡，馬奈羅終於明白了，戒指上的圖案不是什麼家徽，它是屬於法師的東西。屬於死靈法師的東西。

伯里斯失聲尖叫起來。

馬奈羅在他面前沉入了黑暗的水底，接著，他的聲音也戛然而止。另一隻怪物輕輕地繞住了他的頸部。

冰冷的水流淹沒全身，陽光在頭頂上被波紋咬碎。失去意識前，伯里斯聽到整片冰面慢慢裂開的聲音。

有那麼一瞬間，伯里斯還以為自己躺在黑湖裡。

那是每個人死後都要去的地方。奧塔羅特的神域名為「亡靈殿堂」，在到達那裡之前，人的靈魂必須先經過一片黑湖。

清白的人可以輕盈迅速地穿越湖水，罪孽深重的人卻只能緩慢跋涉，他可能要湖中度過比生前還要漫長的時間，數百年甚至數千年。在這個過程中，湖水會強制罪人懺悔，慢慢洗滌他靈魂上的汙穢，他要在孤寂與冰冷中度過漫長的時光，最後才能到達安眠之地。

而有些靈魂會直接沉進湖底，他罪孽太過深重、太過骯髒了，湖水怎麼也無法將罪孽清洗乾淨。也不知道這是真是假，伯里斯一直覺得是假的，因為這種說法莫名好笑，和亡靈殿堂的其他傳說風格不符，會讓人聯想到一個又黑又胖的靈魂溺水的畫面。

半昏半醒之際，伯里斯差點以為傳說是真的了。他身上又濕又冷，手腳麻痺失去知覺，怎麼掙扎都無法動彈。他懷疑自己已經死了，靈魂沉入黑湖湖底。

漸漸地，寒冷被身邊的某種熱源驅趕，麻痺的手指也逐漸恢復知覺。周圍林木沙沙作響，寒冷的夜風帶來了一絲草木的味道。伯里斯睜開眼睛，滿月懸在空中，一小片枯葉正好飄落在他額頭上。

他躺在一塊林間空地上，雙腳朝向一小堆燃燒著的篝火。起初他以為是神殿騎士救了自己，但如果是這樣，騎士們又到哪裡去了？他們不可能離開正在押送的犯人。

從周圍的地形和樹木種類看來，他已經在鏡冰湖以南了。這一帶也很危險，但比湖北的霧凇林好上許多，起碼這裡沒有魔像和大型魔法生物。以伯里斯的能力，就算他沒辦法對付所有遇到的東西，起碼也有辦法隱藏自己的行蹤。

想到這裡，他才注意到，自己手上的鐐銬已經被打開了。不，不應該說被「打開」，它仍然好好地鎖著，但兩手間的粗鐵鍊斷掉了，斷開處十分扭曲詭異，就像被徒手撕開的一樣。

但這怎麼可能呢？不管是騎士還是霜原蠻族都沒有這種的力氣，伊里爾的魔法生物倒是有可能，但它們不會救人，更不會點燃篝火。

伯里斯慢慢移動身體，更加靠近篝火一點。這樣可以暖和些，但還不足以烘乾被浸濕的衣物。伯里斯不斷按摩著雙手，想讓手指快點恢復靈活，這樣他就可以施法將自己弄乾了。

在火邊休息時，他不斷回憶起冰面上的最後一幕。他看到了馬奈羅的眼神，那是充滿憤怒和憎恨的眼神。

馬奈羅注意到了，手掌蟒身上的徽記和戒指上的徽記一模一樣。

伯里斯越想越焦躁。馬奈羅一定是誤解了，他以為我給他戒指是為了害死他。不知道他怎麼樣了？既然我能獲救，他應該也一樣，他應該是和其他騎士在一起。

手指稍微舒服之後，伯里斯立刻施法去除了衣服和頭髮上的水漬。他的動作非常隨意，身上有些地方還沒完全乾燥，但他等不下去了。

他在篝火附近的林間繞了一圈，沒有發現其他人的痕跡。於是他又施展了一個法術，在篝火正南方找到了兩個人類的生命跡象。

伯里斯只能確認大概方向，無法定位出太精確的位置，因為這片森林是個魔法實驗場，殘留的波動會干擾偵測。伯里斯想，也許這些波動不僅妨礙我尋找座標，也妨礙到尋找生命跡象的數量，所以才只找到了兩個人類。

他裹緊斗篷，安靜地鑽進向南的樹林。走了好久之後，他發現了一隻角狼獾的屍體，看起來是剛被利器殺死的。角狼獾不是魔法生物，只是有點危險的普通動物，殺它的人顯然不

致施法者伯里斯閣下及家屬

是為了捕獵，而是驚慌地殺掉了一切在黑夜中看起來有威脅的東西。

一定是神殿騎士做的。也許他們砍死這東西後才會發現，這道黑影並不是怪物。

又趕了一段路後，伯里斯隱約覺得自己走在別人走過的路上。霜原人教過他追跡方法，但他學得不太好，只能姑且判斷一下。

正在他考慮是否要再用一次偵測法術時，一個硬冷尖銳的東西抵在了他的頸側。

他站在樹叢裡思考時，兩名騎士安靜地靠近了他。

「法師，雙手放在頭邊，慢慢跪下。在我允許前不許出聲。」是支隊統領的聲音。

伯里斯聽話地舉起手跪下，等著對方問問題。其實他也有很多問題想問，比如：難道這裡只有你們兩個人？其他人在哪裡？馬奈羅是否脫險了？點起篝火的是你們嗎？

聽到人聲的瞬間他還有點開心，但這份開心很快就被恐懼取代了。

支隊統領對旁邊的騎士使了個眼色，那人俐落地取出一條皮帶，再次把伯里斯的雙手綁在身後，兩隻手腕交疊在一起。

「孩子，其實我願意信任你。」支隊統領的聲音十分疲憊，「我希望你只是個無辜的年輕人，只是被伊里爾奴役，而不是與他同流合汙。但現在看來，我錯了，你相當危險。」

「什麼？」伯里斯剛一出聲，劍鋒又逼近了他的頸間。

在身後綁縛他雙手的騎士嘟囔著：「別以為我們是傻子。你掉進冰窟，卻毫髮無損而且衣著乾燥地走了出來，而馬奈羅……還有其他人……他們都……」

伯里斯身上一軟，差點從跪姿跌坐在地上。

看著他驚恐的樣子，支隊統領冷笑道：「害怕了？是啊，你一定以為我們所有人都逃不掉了。可惜，我們兩個還活著。」

伯里斯顧不得劍鋒，急切地解釋起來：「您以為河裡的東西是我控制的？不是的，我沒有本事控制它們，我……」

「回想起來，霜原人好像跟你打過什麼暗號。」支隊統領打斷了他的話，「那個女人提到了希瓦河。我真蠢，當時我怎麼沒想到呢？是我太輕視那些蠻族的智慧了。」

「我提醒過你們！我告訴過你們河裡很危險！」伯里斯有些激動，身後的騎士死死按住了他的肩膀。

他這句話讓支隊統領更加憤怒了：「哦，是啊，法師大人。你還提議給我們一人一個魔法徽記，用來保護我們？後來只有馬奈羅接受了你的贈與物，然後呢？他是第一個被殺的。」

伯里斯想辯解，旁邊的騎士突然拉住他的頭髮，強迫他抬起頭，將一團厚厚的斗篷碎片塞進了他的嘴裡。

支隊統領用劍尖抬起伯里斯的下巴，冷冷地看著他：「為了防止法師再有危險的行為，我們不得不做出防範。」

他對伯里斯身後的騎士下令：「和過去一樣，兩隻手的食指和中指，中間那個關節。你來動手。」

致施法者
To Burris the Spellcaster and His Family Dependent
伯里斯閣下及家屬

Chapter 09

致施法者伯里斯閣下及家屬

要去五塔半島有兩種途徑，一種被樸實地稱為「進城的路」，另一種則被賜名「貴賓紅毯」。所有正常旅行抵達的方式都是「進城的路」，「貴賓紅毯」指的是一個傳送法陣，它被固定在第五研修塔的最高層，與研修院有合作的法師會獲得法陣密令，能從這裡進入半島。走出傳送陣，客人要在房間內接受幾名資深施法者的簡單檢查，通過檢查後他就可以在研修院內自由行動了。當然，只限於公開區域。涉密區域設有不同級別的密令，只有獲得許可的法師才能出入。

伯里斯擁有所有級別的密令，能在五塔半島暢行無阻，但他現在的身分是「代表導師來開會的學徒」，所以這次他要控制自己，不能跑到不符合他身分的地方。

這次洛特的身分不再是術士了，五塔半島根本不讓術士進入，現在他也是「伯里斯的學徒」，雖然他的氣質一點都不像研究者。不像就不像吧，伯里斯知道自己的名聲很好用，反正只要「學徒」能拿出可靠的信物，別的法師心裡嫌棄也不能說出來。

在伯里斯的要求下，洛特在動身前換上了一身簡樸低調的法師裝束。他邊整理長袍邊問：「希爾達教院和術士合作，還招收貴族學生，而五塔半島卻不讓術士進入？」

「是啊。」伯里斯說，「希爾達教院認為施法者應該多和外界交流，也希望外界能加深對魔法的瞭解。五塔半島就不一樣了，他們只接受已經有一定基礎的法師入學，入學前還必須通過考核。」

「這麼一想，法師的學校還挺多嘛……」

「一點都不多。」伯里斯嘆口氣，「甚至應該說，太少了。您知道十國邦聯內的普通高等教院有多少嗎？每個國家都有一到兩所，軍事戰術學校有十二所，還不包括傭兵訓練營，神殿所屬的神職教院有八所，而公開招生的法師教院，整個大陸上一共只有兩所。這兩所教院之中，希爾達的全體師生加起來，大約等於戰術學校的一個年級；五塔半島常駐的法師、商販和農民加起來，大約等於一個冬青村。」

洛特想了想，慢慢點頭：「我知道為什麼了。以前我『放風』的時候很少遇到法師，法師好像都藏得特別隱匿。現在不同了，和你在一起之後，我接連不斷地遇到各種施法者，讓我有一種遍地都是法師的錯覺。」

伯里斯微笑：「其實您的感覺沒錯，魔法研究者的數量確實在逐年增加，雖然增長得比較緩慢。」

說完之後，他突然有點好奇一件事——骸骨大君每百年能出現七天，在那麼多個七天中，難道骸骨大君只和一個法師交流過？

洛特隱約談起過這些，他說得比較迂迴，大意是「認真做出承諾要幫他脫離詛咒的，只有伯里斯一個人」。照這麼想，是不是還有不認真作出承諾的？或者同樣認真，但是沒能成功幫到他的？

伯里斯搖搖頭，很快就拋開這些思緒。他發現自己有點被洛特傳染，越來越愛關注沒營養沒意義的事情了。

致施法者伯里斯閣下及家屬

前往五塔半島時，伯里斯和洛特當然走了「貴賓紅毯」。

接待「學徒柯雷夫」的時候，負責檢查的法師表情很微妙，旁邊還有兩個閒著的法師竊竊私語地圍觀。看來這群研究者也沒有多麼清心寡欲，外面的流言蜚語他們一個也沒漏掉。

檢查者仔細看了看紅玉髓戒指。她認得戒指，也探查出了屬於伯里斯本人的法術許可，但她還是久久地盯著「柯雷夫」的手，直到小法師出聲詢問她是否有什麼問題。

「哦，沒什麼，抱歉。」檢查者尷尬地笑了笑，「看到你的手，我想起了我的老師，他的手指也是這樣，受過傷，又被重新接好。我說的是魯爾導師，你聽說過他吧？」

伯里斯立刻明白了她的意思。「魯爾……閣下啊，」伯里斯用了「閣下」，他實在不想對比自己小十歲而且水準一般的人尊稱「導師」，「我聽說過，他年輕時被黑崖堡的人折斷過手指。」

檢查者點點頭：「是啊，其實那件事只是個誤會。以前的死靈學研究者過得比較艱難。我們現在就好多了，他們那一代的人年輕時就不太好……不過你是怎麼回事？」

伯里斯苦笑了一下：「這個和法術無關，只是小時候留下的傷。我的家鄉那邊比較亂，幸好有人幫我醫治好，不然我就當不了法師了。」

離開檢查間後，洛特湊到伯里斯耳邊：「其實我一直想問你，你真的不怪我嗎？」

話題來得太突然，伯里斯不明白他指的是什麼，於是洛特隔著袍子握了握伯里斯的手指。

伯里斯把手指蜷了起來：「為什麼我要怪您？怪您哪方面？醫術不精什麼的？」

「不是。我沒有一直陪著你，而是又返回鏡冰湖了。我想看看湖裡到底是怎麼回事，但等我回來的時候，你又不見了。」

伯里斯說：「這不怪您，是我自己亂跑的。在那之前是您從河裡救了我，我很感謝您。」

「那就好。」洛特一手按在心口，「再找到你的時候，你好虛弱，手還被傷成那樣，當時我好心疼，但我要忍著不能表現得太明顯……」

「為什麼……」伯里斯想問的是：您又不是要幹壞事，為什麼不能表現得太明顯？

但還沒說完他就意識到：不能問。洛特一定會給出一個肉麻的回答。

他的預感是對的，只可惜他的提問已經收不回去了。洛特又湊近了點，冰藍色的眼眸直直地映照在他的眼裡：「因為，那時候我已經有點想吻你了。但是不行，時機不對。我們還不認識，你的狀態又那麼差，我不想讓你覺得我在利用你的痛苦取樂。」

伯里斯踏上浮碟，低著頭，一手捏著眉心。這浮碟做得真粗糙，連防止跌落的側面力場都不做，這就是五塔半島的風格，他們只重視實驗室和課堂，生活細節能省就省。

洛特在旁邊偷笑。他的小法師又難為情了，他簡直像在戳一株含羞草。

浪漫小說裡明明不是這樣的。那些主角認識不久就互相傾訴愛慕，兩人一個比一個肉麻，被撩撥時會以擁吻來回答，估計他的伯里斯是永遠也做不到這一點了。

伯里斯最感興趣的發表會在明天上午，今大的會議他只是隨便聽聽，根本沒有認真思考，反正也沒有人會來問年輕學徒的意見。

致施法者伯里斯閣下及家屬

黃昏時，今天最後一場會議在第一研修塔召開。這場之後就是晚餐時間和休息時間了。

會議是關於傳送法術的。傳送法術看似安全和平，其實卻是所有已知穩定法術中最難施展、也最危險的。它是一種扭曲空間與物質的法術，和異界探知類法術有著千絲萬縷的關係。在它剛被發明出來的年代，曾導致過數起詭異而悲慘的失敗案例，比如人體與身上的物品被傳送後無法分離，或人體與自然環境被嵌合在一起等等。[4]

到了今天，傳送類法術已經發展得成熟安全許多，就算施法失敗，也只會導致目的地偏離或無法啟動，不會再出現從前那些駭人的慘案。即使如此，法師們對它仍然比較慎重，即使是資深的法師也很少臨時施展傳送，大家更喜歡提前花一些時間，仔細設計法陣，力求穩妥精準，在法陣與法陣之間完成固定目的地的旅行。伯里斯也一直是這樣做的。

傳送法術還有一個有趣的地方——只有本位面的原生生命才能施展傳送。法師稱之為「奧法之神的饋贈」。

這一點是研究異界學的法師們發現的。他們曾經成功召喚過一種名為「偽輝藍梟」的生物。在幽暗界，牠以擅長閃現和空間跳躍著稱，來到人間後，牠卻完全失去了這種能力。

在關於神術的著作中也提到過這些。據說，在各個位面還未彼此流放之前，三善神都曾化為某種實體在人間行走。普林汀修娜是金髮的女戰士，艾魯本是手持高枴杖的精靈，奧塔羅特是穿著黑色祭袍的入殮師。祂們的行跡形成了今天的「神術脈絡」，這證明祂們在人間

4　致敬「費城實驗（Philadelphia Experiment）」。這是美國一個出名的都市傳說，好奇的可以搜一下。

從未利用神力進行傳送，而是一直老老實實地用雙腳行走。

這一點也影響到了骸骨大君，他可以飛，可以免疫各種魔法和物理傷害，可以手撕屍體，力量未劣化前還能施展各種強大的法術。但他就是不能施展傳送法術，在人間不能，在亡者之沼也不能。

他只能被詛咒丟出來再丟回去，或使用別人施展好的法陣。依照這個推測，也許他只有在黑湖神域裡才能傳送自己，因為那裡是他的出生地。

會議的前半個小時，洛特聽得十分認真。臺上演講的法師回顧了傳送術的發明與發展，用很多案例強調法術的難點和危險性。洛特超級愛聽失敗案例，尤其是帶有恐怖色彩的那些。

第一段演講結束了，另一個學者走上演示臺，帶著助手展示不同法陣的構成方式與各自的利弊。面對一大堆圖示資料和字元，洛特開始打哈欠了，伯里斯倒是有了點精神。

臺上的學者叫葛林迪爾，是個半精靈。多年前，很多老師覺得他缺乏天分，而伯里斯卻認為他具有巨大的潛力，後來他果然很快就領悟訣竅，成長為優秀的異界學研究者。對了，從血統上來說他算是黑松的遠親晚輩，但他和黑松都不願意承認這一點。

葛林迪爾的演講結束後，三個年輕法師站上講臺。他們是剛剛獲得教學資格的新任教師，一起研究出了即時傳送的新方法，好像是修改了幾個參數，簡化了施法方式什麼的。

「即時傳送」就是指臨場施展的傳送術，而非提前預置的法陣。即時傳送時，施法者要在自己腳下或空地上施法，然後讓參與傳送的人觸發字元，這一點和預置法陣一樣。現在，

致施法者伯里斯閣下及家屬

這三個年輕法師研究出一種新方式：你可以不需要把法術放在自己腳邊或空地上，而是隔著一段距離，遠端放置在別人腳下。

比如你走在路上，看到前面遠遠走來一個半獸人流氓，只要你的施法足夠熟練，你就可以快速將傳送術丟到他腳下，把他送到遙遠的雪山上或大海裡；或者，你想解救某人脫困，但那個人對魔法十分畏懼，不肯配合你走進法陣，你又不能強行把他推進去，那麼現在你可以直接把法術放在他腳下，不需要獲得他的同意。

「誰會這樣施法啊……」伯里斯身後，有個法師小聲嘀咕了一聲。

能熟練使用即時傳送的法師，通常不會害怕一般的襲擊者；而那些會因為別人不配合而煩惱、面對衝突時無計可施的法師，其能力又不足以施展即時傳送。這個「往別人腳下直接放傳送陣」的法術有點尷尬，兩邊都沒用，還帶了點惡作劇的色彩。

更何況，萬一真的有幾個沒規矩的法師在外面亂用這種法術，他們會把法師群體的名聲敗壞回幾十年前的。

這時，臺上其中一個法師突然走到伯里斯面前。伯里斯坐的位子距離講臺很遠，顯然這個法師是專門衝著他來的。

「我們要現場演示。這位年輕的學徒，可不可以請你配合一下？」法師做出邀請的手勢。

放眼望去，整個會議廳裡到處都是中老年人，零星的一兩個精靈更是看不出歲數，他們帶的助手和學徒最年輕的也有三十幾歲。讓長輩和同輩來配合演示有些失禮，所以角落裡的

「小學徒柯雷夫」是最好的人選。

伯里斯正猶豫著，面前的法師又說：「這個法術不僅能包含一人，還可以在同一次施法中將法術分成好幾部分，指向位置不同、彼此肢體毫無接觸的人，他們會被傳往同樣的目的地。所以，我們還需要一位參與者來配合，請問有沒有……」

他的話還沒說完，洛特便興奮地站了起來：「我！」

洛特也有一張年輕的面孔。那名法師之所以先邀請伯里斯，而不是旁邊的洛特，是因為洛特看起來滿臉迷茫無聊，似乎根本聽不懂法術分析。法師們懷疑他是被某個不負責的導師派來充數的新生。在五塔半島，很少有教師願意理睬純粹的新生，大家都只願意和有一定基礎的人交流。

「您的魔法免疫不會影響施法嗎？」走出座位時，伯里斯小聲提醒洛特。如果洛特在眾目睽睽之下無法被傳送，法師們肯定會察覺問題。

洛特得意地回答：「你忘了嗎？我的魔法免疫很靈活的。」

也對，他的免疫確實不講道理，能否生效基本取決於他自己。畢竟他是個半神。伯里斯還想說點什麼，但洛特已經快步走向講臺。

三名法師讓洛特和伯里斯分別站在演示板兩側，隔著幾步的距離。

「我要開始了，」名叫亨德爾的法師說，「這裡是第一研修塔的會議室，我將把這兩人傳送到隔壁的茶水間，距離很近，大家很快就能看到效果。」

致施法者伯里斯閣下及家屬

新的法術確實很迅速，傳統技法需要較長的準備時間，而亨德爾只需要幾秒鐘。伯里斯想，這太考驗熟練度和前期計算的精準度了。法術看似「簡化」，實際上卻多了很多需要精確安排的東西。

亨德爾同時丟出了兩片附加即時傳送的力場，分別放置在伯里斯和洛特腳下。洛特只看到閃動光彩的有趣圖案，伯里斯卻注意到圖案中自動演算的咒語……

「等等！」

他大驚失色，邊高喊邊抬手想解除法術。可惜，已經晚了，他和洛特都已瞬間消失。

亨德爾露出滿意的笑容：「大家看到效果了，就是這麼迅速而精準。現在他們兩人已經在隔壁的茶水間了。安娜，叫他們回來吧。」

另一個法師點點頭，轉身離開會議室。沒過幾秒鐘，她一臉茫然地回來了：「他們不在……」

「不在？」亨德爾也走了出去。

亞麻色頭髮的小學徒和黑髮的傻學徒都不在隔壁。亨德爾喊了幾聲，寬闊的走廊裡寂靜無聲，倒是有一個負責引路的學生從轉角探出頭來。亨德爾向他形容了一下那兩個人，學生說完全沒有看到他們。

法師們慌了。大家都知道傳送類法術的危險性，更何況，他們用的不是成熟的舊技術，而是被改良過的新施法方式。如果你能看得見失敗——比如受術者留在原地，或者想去茶水間卻去了走廊，那就說明事情還不算太糟糕。而現在，這種看不見後果的失敗才是最可怕的。

剛才演講過的半精靈葛林迪爾站了出來，告訴大家不要慌張，應該立刻啟動探知球搜索附近區域，並重新檢查每個咒語節點，找出問題所在。

探知球找不到那兩個學徒，五塔半島上完全沒有他們的蹤跡。三個法師交出了所有施法過程的紀錄，還在現場對空地又施法了一次，讓幾名年長的法師和葛林迪爾一起尋找紕漏。

「被傳送走的那兩個人，是誰帶來的學徒？」亨德爾小聲問了一句。

「伯里斯．格爾肖大師的學徒。」旁邊一個中年法師回答。

「格爾肖？那不是我們的校董之一？這次峰會他也來了嗎？」

「他沒來，那些年紀大的法師都不愛出門。你知不知道，那兩個學徒中有一個叫柯雷夫，他可能是……」

亨德爾恍然大悟：「柯雷夫！我聽說過他！我聽說是格爾肖大師六十幾歲時和一個女學生……」

中年法師皺眉搖搖頭：「別提這個了，你明白就好。」

過了一會兒，半精靈葛林迪爾走了過來。他攏著袖子露出陰鬱的表情，看來心情十分沉痛：「亨德爾先生，回答我一個問題。您的數學基礎好不好？」

「還可以……」亨德爾並不心虛，他的基礎學科都不錯。

「既然如此，您為什麼還會犯這種低級錯誤呢？」葛林迪爾說，「事先準備法術時，您需要在咒文中加入代表法術距離的資料，如果不是您沒學好基礎數學，您為什麼會標錯小數點的位置？」

亨德爾愣住了，慢慢地像松鼠捧著橡子一樣捂住嘴。

葛林迪爾又說：「還有，我在咒語中發現了一種新的標注距離方式。你們沒有用傳統法陣的奧術換算字元，而是直接用奧術文字來書寫那個單位名稱。你們三個人一起研究，這是誰想出來的主意？」

名叫安娜的法師舉起手：「是我……」

「妳的方法簡化了施法過程，但也削弱了法術的安全性。一旦出錯，它不會因為奧術字元出現矛盾而停止，而是無論如何都會將法術發散完成。今天我還剛提到過，古時候的傳送法術之所以容易出現慘烈的失敗，原因之一就是那時的法師直接在法術裡使用奧術文字，而不是用後來被發明出來的、更安全的、有自我糾錯功能的換算字元。」

安娜知錯地點點頭。葛林迪爾又看向三人組中的第三人，一個梳著光亮背頭的法師。

「我在安娜的奧術文字中發現了塗改痕跡，手法和她不一樣，這是誰做的？」

「我……」果然，背頭法師回答。

「你為什麼要進行修改？」

「因為我發現她有一處表述得不太精準，那時她在忙別的事情，我就幫她改了過來。這一點我和她溝通過了。」

半精靈的表情越發沉痛：「那麼，顯然你們溝通得不夠精確。你把代表距離的單位直接改錯了。」

說著，他在空氣中比劃了兩個圖案：「這個，代表十分之一碼；而這個，代表一海里。是不是覺得這兩個符號很像？在你眼中，這兩個符號是不是完全沒有區別？」

錯誤的距離單位，加上標錯位置的小數點，再加上無法糾正謬誤的咒語。會議室裡一片寂靜。

法師們花了一點時間，算出那兩個學徒似乎被傳送到遙遠的南方某處，可是他們沒辦法精確定位出位置，更不知道那兩人是否遭遇危險。雖然可以用探知水晶一點一點尋找，但這需要相當漫長的過程。

只是單位和小數點錯誤還好，法師們可以根據錯誤的位數推算出實際位置。最麻煩的，是「一旦出現內部矛盾就自動隨機」的效果，它讓法術能夠加速釋放，也讓出錯後的危險性大增。

幾個年老的法師低著頭，雙手扶額，他們已經很久沒親眼見過這麼誇張的失誤了。

伯里斯也很久沒有見過這麼誇張的失誤了。

他坐在一塊大石頭上，手肘撐著膝蓋，雙手扶額，姿勢和遙遠的會議室裡那些老法師一模一樣。

在看到法術被扔過來的瞬間，他立刻就發現了其中的問題。如果是普通的即時傳送，伯里斯可以在它生效前打斷它，而這次他只依稀看到了錯誤的字元，甚至無法全部看清楚，所以他也沒辦法推算出現在的位置。

致施法者伯里斯閣下及家屬

看來，這一項新法術唯一的優點就是釋放過程極快，快到讓人根本來不及反應。

憑感覺猜測，伯里斯認為自己應該是在大陸南部，也許距離海邊不遠。這裡空氣潮濕，樹林茂密，樹木長得又粗又矮，和不歸山脈或落月山脈的樹種完全不一樣。

洛特用飄浮能力飛到樹冠的高度，俯瞰叢林，遠望整片天空。這裡的夕陽十分迷人，日落時的天空是優雅的粉紅色，這令他感受到了一絲浪漫的氣氛。

「您在上面能看到什麼？」法師抬起頭，希望洛特能看到一些具有代表性的建築。

「我看到了罕見的美麗黃昏，它就像胭脂色的絲絨，就像我剖白心意時你雙頰的顏色。」

「不是……」伯里斯覺得自己一秒之內就要中暑了，「我指的是，您看到什麼建築或特殊地形了嗎？」

「沒有建築。」洛特慢慢地原地旋轉，又飄高了一些，「那邊有一片很大的湖，另一邊也有。可能不是湖，是江。嗯，這邊也有……不對！這是大海啊！」

他們身在叢林茂密的小島上，四周均是茫茫大海。

用洛特的話來說：在小說裡，再也沒有比這更讓人心跳加速的了。

伯里斯並沒有因此感覺到浪漫，他只感到十分憂愁。剛才他試著施展了兩次即時傳送，第一次想回研修院，第二次想回不歸山脈，可惜兩次都失敗了。

這表示他距離那些地方太遠了。預置的法陣能將人傳送到較遠的地方，但即時傳送的效力就天差地遠了。畢竟，法師們的法術並非萬能。

伯里斯唉聲嘆氣地想著：不知道過去的自己能不能成功？傳送無效是因為我的靈魂不同步，還是因為這個破地方真的遠到沒辦法傳送？其實他最近的情況正在好轉，雖然施法能力仍不及從前，但已經恢復許多。

他抬起頭，看到洛特越升越高，現在他必須大喊著說話：「有海港嗎？」

「好像沒有，」洛特努力又升高了一點，「看不清楚，太遠了。這個島嶼植物茂密，範圍很大，我能看到遠處是海，但看不清楚岸邊是什麼情況。」

「有燈塔或別的建築嗎？有炊煙嗎？海面上有船嗎？」

「沒有！只有美麗的夕陽！」

觀測完畢，洛特慢慢飄了下來：「這樣吧，我們先朝最近的海岸過去看看。我抱著你，我們用飛地，這樣比較安全舒適。」

「安全」先不提，「舒適」是什麼？伯里斯憂鬱地搖頭：「不，您飛得太慢了。我們朝海岸走吧，您負責指引方向就好。」

「也對，我飛得還沒有走路快。」洛特想了想，「對了，你也沒有飛行法術嗎？」

「我準備的施法道具和材料有限，不到必須之時，還是節省一點吧。」

「那就走吧。」洛特指了指剛才確認好的方向，「夕陽下，在海島叢林裡散步，你有沒有覺得非常浪漫？」

沒有，一點都沒有。伯里斯心裡這麼想，卻沒有再接話。根據他對大君的瞭解，如果「是否浪漫」的話題繼續下去，大君就會說出更多更令人難為情的情話了。

如果他們還在研修院裡，洛特願意開玩笑就由著他吧；但現在他們在一個陌生的海島叢林，伯里斯完全沒有心情聊天，只想快點找到船或者漁村什麼的。

和骸骨大君一前一後走在黑暗而陌生的叢林裡，這讓他想起了六十幾年前。其實落月山脈那次也有點像，但不夠相似，當時漫山遍野都是士兵和死人，整座山林異常熱鬧，全然不似此時的安靜孤寂。

走在前面的洛特突然轉過身：「你好緊張啊。這裡是海島，不是北方，而且你也不是小學徒，而是大法師。」

伯里斯無奈一笑：「您是在安撫我嗎？別擔心，我不是在害怕。」

「我知道你不怕，你只是想起以前了。」洛特說，「我也覺得和那時候很像，除了氣溫和植物的品種不對。」

您的氣質也不對。伯里斯在心中偷笑。

洛特靠近他，對他伸出一隻手：「走吧，小法師。」

伯里斯下意識地把手伸了過去。洛特一手拉著他，另一手揮舞著小木棍撥開枝杈。

就像六十幾年前一樣。

那時骸骨大君也向他伸出手，也說了這句話。

——走吧，小法師。

致施法者 伯里斯閣下及家屬

To Burris the Spellcaster and His Family Dependent

Chapter 10

過了鏡冰湖，西南方向不遠處就是希瓦河。

河面很窄，穿越河面幾乎不需要一分鐘，這次支隊統領不敢再輕易踏上冰面了。他下意識地想問法師「河裡有沒有危險」，但他忍住了。他不該求助於犯人。同袍的犧牲，就是他輕率行事的惡果。

現在他身邊只剩下一名騎士。那孩子才十九歲，名叫「波魯」，他小時候是一個矮矮的小胖子，現在則又高又壯，比一般騎士的體格大了一倍。他是這次隊伍中年齡第二小的，而年齡最小的，是已經墜入冰湖的馬奈羅。

支隊統領想起自己的兩個女兒。她們一個十九歲，一個十七歲，與波魯和馬奈羅的年紀一模一樣。這對姐妹還有一個二十歲的哥哥，也就是支隊統領的長子，再過幾天就是他的二十一歲生日。他是一名年輕的牧師，不久前跟隨著師長一起去了南方諸國。

支隊統領回過頭，看到倚在波魯身邊的法師。

伯里斯．格爾肖也正是二十歲的年紀，可是他一點也不像那些孩子。他是如此危險，就像從白塔上削下來的鋒利冰凌。

支隊統領命令波魯看守犯人，自己舉著提燈，踏上冰面。等到了南岸確認一切正常之後，他才叫波魯押著伯里斯走過來。

這次過河十分順利，沒有發生任何意外。希瓦河南岸的森林與北岸不同，這裡的泥土更軟，常綠木本植物上沒有整季不化的堅冰，連夜風也比北岸柔和了一些，但是兩名騎士絲毫不敢放鬆，在前進時一直保持著警惕。

伯里斯一直沒有出聲。他不掙扎，不喊痛，也不想求饒。這些都沒用，也沒有意義。他非常疲倦，雙手像被灼燒般地疼痛，全身骨頭都像要散了一樣，他幾乎分不清到底是哪裡正在發疼。他看不清道路，聽不清旁邊的聲音，身體一直在往下墜，雙腳好像踏進了流沙。

「坎特大人！」波魯叫住走在前面的支隊統領，「法師他……他好像不太對勁，我們是不是應該休息一下？」

現在波魯根本不是押送著法師，而幾乎是抱著他。支隊統領走過來摸了摸伯里斯的額頭：「他燒得更厲害了。你把他手上的皮帶解開吧，這樣他可以舒服一點。但是，我們不能停下，再走一兩個小時就能到北星之城的邊境了，如果在這裡耽誤時間，我怕再出什麼事。就算我們不再遇到危險，這個法師也需要治療，我怕他等不了。」

「我明白了。」波魯調整了一下姿勢，把懷裡的犯人抱得更加穩固，「不過大人您也不用太擔心，成年人不會因為發燒死掉的。」

支隊統領嘆了口氣，繼續前進：「我知道他死不了，我指的是他的手。折了他的指關節是為了以防萬一，他很危險。但畢竟他還沒被定罪，我不想讓他留下永久的傷殘。回到北星之城後，我會幫他把關節復位。」

默默走了一小會兒後，支隊統領又說：「波魯，我們這次行動有兩個目的。第一個是處決伊里爾，我們做到了；第二個則是將這名學徒活著帶回北星之城。他是我們的犯人，我們必須保護他。」

這時，伯里斯輕輕哼了幾聲。

「什麼？寒冷……什麼？」波魯靠近他的臉，想聽清楚他在說什麼，「你在發燒，肯定會冷，但我們必須趕路……什麼？你說什麼？」

伯里斯迷迷糊糊的，不知道自己為什麼還能走路，當然了，實際上他也並沒有走路，是波魯抱著他。原本他已經放棄思考，打算在痛苦和昏沉中沉淪下去，但突然有一瞬間，他感覺到了一種危險而熟悉的魔法波動。

異界附魔，加上不死生物的屬性，還混合著嗜血迷藥。黑色的影子遁入濃雲，巨大的蝠翼乘著夜風，瑩綠色的兩對眼睛能隔著很遠的距離觀測獵物身上的熱氣。

「寒夜梟……」

伯里斯磕磕絆絆地說出這個詞。

牠不是死了嗎？導師認為牠是失敗品，決定把牠的血放乾然後拆解掉。難道導師還沒來得及動手？難道牠一直被關在塔下？寒夜梟只能適應低溫環境，而且尤為懼怕火焰，就算牠還活著，應該也沒辦法逃出白塔的大火才對。

不管怎麼說，看來牠確實沒死。

伊里爾從幽暗界召喚了這隻生物，然後以各種法術加以改造，試圖讓牠在更強大的同時變得溫馴。伊里爾成功了，但成功沒持續多久，寒夜梟逐漸對藥劑產生了抗性，最終在改造靈魂的法術中痛苦發狂，完全失去心智。

牠曾經是一隻具有智慧的生物。後來牠遺忘了一切，只記得仇恨：伊里爾以及他的學徒，每個人都必須死。

牠來了。牠來殺我了。

伯里斯抖得更厲害了，整個人都僵硬地蜷縮起來。

很快，騎士們也感覺到了迫近的威壓。波魯把法師放在一棵粗壯的老樹下，支隊統領也放下提燈，兩名騎士一起謹慎地抽出佩劍。

伯里斯既睜不開眼睛也移動不了身體，只能恐懼地感受著那股氣息越來越近。

巨大的風壓摧向林木，樹枝折斷的聲音和恐怖的嘯叫混雜在一起。

伯里斯聽到騎士們的呼喝，金屬錚錚作響，還有利器撕裂血肉的聲音。他還聽到了恐怖的吼叫。像是人類的聲音，又好像不是，應該沒有人能發出那種聲音。

他只感覺到天旋地轉，分辨不出是過了幾秒還是幾個小時。後來他努力集中精神，想讓意識集中在疼痛的部位上，試圖保持清醒。

突然有人把他攔腰扛了起來。那個人踉踉蹌蹌的，好像沒剩多少力氣。

終於，他費力地睜開眼睛。是波魯把他扛在肩上，他面朝後方，正好看到那隻足有幼龍大小的異界生物。

致施法者伯里斯閣下及家屬

寒夜梟掃開枝杈，怒吼著對他們窮追不捨。牠飛不起來了，一柄長劍插在牠右側翅膀的根部，那是支隊統領的劍。

波魯的步伐很亂，好幾次差點跌倒。伯里斯的手垂在他身後，接觸到羊毛斗篷上潮濕微熱的鮮血。

法師抬起頭，嘴唇蠕動了幾次，試著喚起某個咒語。這個咒語不需要用到雙手，即使他雙手各斷了兩根手指也能施展。對伯里斯這樣的年輕學徒來說，施展這種法術本身就很難，更何況是在這種情況下。

即使施法成功了，他們也不過是延緩一點死亡時間。法術只能暫時束縛住異界生物，寒夜梟很快就能掙脫。

試到第三次時，法術成功了。一道看不見的網向著寒夜梟收攏，但它不觸及樹木，甚至不影響葉子飄落的方向，獨獨阻擋了寒夜梟的行動。

伯里斯無暇觀察法術的效果。施法再一次消耗了他的精力，他視野朦朧，腦子裡嗡嗡作響。

這時，波魯突然倒了下去，伯里斯也隨之被摔在地上。

波魯的吸氣很淺，呼氣卻意外沉重。他的腹部有一道恐怖的傷口，一直穿透到了後背。

他右手緊握著劍，左手抓著伯里斯，嘴裡發出含混不清的聲音，似乎是在背誦神殿的祝禱詞。

短暫的安靜之後，寒夜梟又開始咆哮了。伯里斯沒有勇氣去看，他閉上眼睛，盡可能地蜷縮起來，靜靜等待著黑暗降臨。

恢復意識後，伯里斯被摟在一個微涼的懷抱裡，耳邊陌生的聲音低聲嘆道：「看來我來晚了。」

伯里斯沒有出聲。那人又問了一句：「接下來，你要去哪？」

他不是支隊統領，不是波魯，不是馬奈羅，不是威拉或阿夏，不是任何伯里斯認識的任何人。當然，也不是伊里爾。

伯里斯懶得猜測這個人到底是誰，只是迷迷糊糊地嘀咕著：「不去北星之城……我不想去……」

「好。」那個聲音低沉而堅定，「你想去哪？」

「珊德尼亞……」

伯里斯也不明白自己為什麼會說珊德尼亞，他根本沒去過那裡。回答完之後，他又再次昏睡過去。

再次醒過來的時候，天色已經轉亮。伯里斯仍然在森林裡，但周圍的氣氛卻不太一樣了。枝葉沙沙作響，遠方偶有鳥鳴，這片森林更有生機，更像活物能生存的地方。

溪水汩汩流動的聲音從身後不遠處傳來。伯里斯艱難地移動身體，發現除了自己的斗篷之外，他身上還多了兩條血跡斑斑的斗篷。那是支隊統領和波魯的。

他終於翻過身，看到一個身穿厚重黑衣的人背對著他，正在一條融雪而成的小溪邊清洗著什麼。

伯里斯依稀看到了一對黑色長角。但當他定睛望去，長角又不見了。

那個人的斗篷黑暗得令人不安。它不是法師袍，也不是羊毛織物或任何伯里斯見過的布料，它就像是一塊無星無月的夜空披落在那個人身上，吞沒了照在其上的一切光芒。

黑袍人站了起來，直直地望著蜷縮在滿地落葉上的法師。伯里斯嚇了一跳，下意識屏住呼吸。

這個人在洗手上和袖子上的血。他的黑衣被鮮血浸透卻看不出半點痕跡，但伯里斯能夠聞到上面令人畏懼的腥氣。

黑袍人緩緩走了過來，繞到法師身後，半跪在地上，把他軟綿綿的身體扶了起來，讓他靠在自己胸前。

你要做什麼？伯里斯緊張得渾身僵硬，卻一句話也說不出來。那人從背後摟著他，冰涼的手指托起了他的右手。

「喀嚓」一聲，扭曲的食指被拉直歸位了。

伯里斯的手疼了一夜，幾乎已經麻木，但現在更加突兀的銳痛卻讓他忍不住慘叫出聲。

身後的人頓了頓，不知從哪裡拿出一條皮帶，又拿出一塊皺巴巴的布條。他用布條包裹住折疊的皮帶，遞到法師面前。

「咬住它。」

皮帶是波魯的，他用它捆過伯里斯的手；布條來自馬奈羅，是他塞進鐐銬縫隙裡的斗篷碎片。

伯里斯聽話地咬住皮帶，緊緊閉著眼睛。說也奇怪，這一路上處處都是躲不開的痛苦，他明明都忍到現在了，但他還是很怕疼。

黑袍人的動作相當俐落，他把伯里斯受傷的關節都扭回原位，整個過程沒用多少時間。做完之後，他又拿出一些堅硬的木條，用碎布把它們固定在伯里斯的手指上。

吐掉嘴裡的皮帶時，伯里斯滿臉都是眼淚，肩膀抖個不停。大概是看出他又冷又難受，黑袍人把他身上的斗篷裹緊了一些，又用雙臂摟住他。

靠在那個人身上的感覺很奇怪，就像被死亡與黑夜擁抱著。

「你走得動嗎？」過了一會兒，黑袍人問。

伯里斯沒有回答，而是問：「和我一起的兩個人……他們怎麼樣了？還有寒夜梟……」

「都死了。」

兩名騎士以及寒夜梟都死了。其實伯里斯也早就察覺到。

支隊統領是第一個，他以生命為代價，對怪物造成巨創。然後是波魯，他試圖帶著犯人離開，但他傷得太重，最終還是倒下了。

致施法者伯里斯閣下及家屬

寒夜梟很快就掙脫束縛，但牠想繼續追逐獵物時，卻不得不安靜下來。因為真正的獵人出現了。寒夜梟只能屏息鎩羽，淪為獵物。

黑袍人在附近走了走，似乎在觀察森林的情況。不知他們現在身在何處，大概是在俄爾德境內，也可能是在寶石森林。

伯里斯想起自己說過要去珊德尼亞，看來黑袍人真的帶著他沿河向東走了很遠。珊德尼亞和北星之城沒有來往，如果要隱瞞身分重新開始，那裡會是個很好的起點。

想到這裡，伯里斯意識到，他已經不可能被判無罪了。他將永遠都是身負數條性命的死靈法師。奇怪的是，他竟然不怨恨騎士團，甚至還有點為他們感到悲傷。

這時，黑袍人回到他面前，向他伸出手：「走吧，小法師。」

握著那隻手站起來的時候，伯里斯突然明白自己為什麼會為那些騎士傷心了。

總有一天我會重新站在陽光下，對現在的痛苦一笑置之。我可以友好地與你們這樣的騎士握手交談，你們也不會再畏懼我或像我一樣的人。

肯定會有這麼一天的。

我一定會看到那一天，可是你們永遠也看不到了。

夜色漸濃。伯里斯和洛特好不容易走到海邊，卻發現這裡是一片嶙峋的礁石灘，根本無法泊船。

伯里斯有法術能渡水，但他不敢輕易在海上使用。海洋太廣闊了，法術時間可能撐不了那麼久。

他又累又餓，不知道接下來該怎麼辦。他是研究型的法師，完全不喜歡戶外探索，年輕時霜原蠻族教過他一點野外知識，但這麼多年過去，他早就忘得差不多了。就算他還記得也沒用，北方森林和海島叢林完全是兩個不同的世界。

這時，洛特發現身後的叢林中傳來動靜。他悄聲提醒伯里斯，並突然把容貌變回了原本的形態——長有彎曲黑角、頭骨覆蓋鱗片、雙眼燃燒著幽火的模樣。

「您這是在做什麼？」伯里斯小聲問。

「嚇唬人。」洛特直白地回答。

叢林簌簌作響，黑暗中出現了一雙黃綠色的獸類眼睛。這雙眼肯定不屬於野獸，它的位置太高了，甚至比人類的普遍身高還高。

那隻生物盯著礁石灘上的兩人看了一會兒，突然發出一聲尖銳的呼喚。很快，叢林中出現了十幾雙這樣的眼睛，伯里斯清楚地聽到了他們粗重的呼吸聲。

不過，伯里斯並不緊張，只是有點吃驚：「這裡竟然有灰山精！」

「灰山精？」洛特想維持自己的恐怖和威嚴感，於是只能小聲說話，「不是食人魔嗎？」

「是食人魔，也是灰山精。」伯里斯邊說邊點亮了一顆小光球，讓它飛到高處，投映下錐形的冷光，「食人魔是蔑稱。難道您一直叫他們叫食人魔嗎？」

叢林裡走出來一個灰山精，或者說食人魔。她有著灰色的皮膚，略淺於膚色的長髮，寬厚健碩的身體基本赤裸，僅以獸皮和粗布遮掩下身，粗壯的脖子上掛著一圈貝殼和堅果串成的鍊子。她的雙臂垂至膝邊，手裡拿著一根綁著椰子殼的藤杖。

灰山精的五官有點像獸人，但不同之處更加明顯：他們的雙眼更大，沒有獠牙，鼻子形狀更接近人類。拿著藤杖的女性灰山精把鼻子塗成了白色，這表示她是這一族群的主母。

和灰山精溝通並不難，他們都說通用語，只是口音和用詞習慣與人類不太一樣。在伯里斯準備打招呼時，女性灰山精先開口了：「好風在上啊！吾主亡靈惡魔龍！」

什麼？伯里斯難以置信地看向身邊的洛特。

洛特抓了抓沒有頭髮的顱骨，眼中的幽火一陣亂顫。伯里斯從這張沒有表情的臉上讀出了一絲尷尬。原來他也會尷尬啊。

隨著女族長的呼喊，一大群灰山精從林子裡鑽了出來。他們先驚訝地嗷嗷大叫，再彎曲雙膝，以半蹲的姿勢躬身低頭——這是灰山精面見高位者時的禮儀。

「我沒見過她啊……」洛特自言自語著。灰山精的平均壽命只有三四十年，最長壽的也活不過五十歲，洛特上一次「放風」是六十幾年前，而且那次他身在北方。

當然，更早之前他到過海島。比如一百六十幾年前，但那也太久遠了。

洛特眼裡的幽火突然熄滅，瞬間變回人類的容貌。

「你們好。」他向前一步，低頭看了看自己的衣著，「我不是亡靈惡魔龍，我是個……法師。我在練習魔法，你們看到的是幻覺。」

灰山精們面面相覷，眼中滿是失望。女族長嘆了一口氣：「人類。」

「對，我是人類。請問這裡是什麼地方？該不會是昆緹利亞吧？」

「昆緹利亞，這裡。」灰山精說，「你們法師哪裡的，領航島？海淵塔？哪裡到這裡來的？」

聽到昆緹利亞，伯里斯又一次以手扶額。那三個年輕法師竟然把他們誤傳到了這麼遠的地方。

昆緹利亞位於陸地以南的大海上，由數千個大小不一的島嶼組成，最靠近陸地的港口與薩戈最南端的黑崖堡遙遙相望。灰山精說的「領航島」是指東南端面向大洋的小島，上面有幾個人類的蠻族部落；而「海淵塔」是這個群島國度上唯一的一座法師塔，位於海洋精靈的國度「蘇希島」。

伯里斯沒來過海島，但遇見過陸地南方的灰山精，他知道與他們交談的訣竅：語言要簡潔而誇張，讓他們一聽就懂。海島灰山精和南方灰山精應該都差不多。

於是，他對女族長行了一禮：「我薩戈人，我法師，魔法爆炸了，我和朋友炸到這裡，迷路了，好婆婆救救我們。」

致施法者伯里斯閣下及家屬

洛特震驚地看著身邊的法師，他從沒聽過伯里斯這樣說話。

「可怕可怕……」女族長點點頭，眼中滿是笑意。伯里斯的用詞讓她很開心，灰山精女性最喜歡被人叫「好婆婆」了，聽到這個稱呼時她們會非常開心，開心程度類似於人類女性聽到「尊貴的女士」、「迷人的小姐」和「我的小公主」。

好婆婆族長眼含慈愛：「救你們，好的好的。你沒有船？唔，船我們有，領航島去？」

「領航島不去，蘇希島去，找法師去。」伯里斯回答，「謝謝好風，謝謝好婆婆。」

灰山精的船十分簡陋，只能進行短距離航行，不能直接把他們送回陸地，所以伯里斯希望他們能送他到蘇希島。他打算找海淵之塔的法師幫忙，或者向精靈水手們雇一艘快船。

女族長答應了。由於夜晚出海危險，伯里斯和洛特只能先到灰山精部落休息一晚。海港在島嶼的另一端，灰山精的聚落則隱藏在叢林深處。

好婆婆族長叫了一些年輕的灰山精上前，嘰嘰咕咕地商量了一下明天送兩個人類出海的計畫，說完之後，灰山精們分成兩隊，請「兩個法師」走在中間，這是他們對待貴客的護送隊形。

一路上，好婆婆和伯里斯興致勃勃地聊天，從魔法爆炸可怕一直聊到亡靈惡魔龍。伯里斯這才明白，海島灰山精有個祖輩流傳下來的傳說，說的是他們的祖先和獸人打仗的故事，故事中有個重要的角色就是「亡靈惡魔龍」。祖先在石板上留下了雕刻畫，畫上的形象就是骸骨大君原本的模樣。

灰山精的故事非常簡單樸拙。比如，祖先在亡靈惡魔龍的幫助下打敗海怪，祖先航海時看到亡靈惡魔龍在指揮劍魚軍隊，祖先目睹亡靈惡魔龍在風暴中對抗漩渦。

到達聚落後，伯里斯和洛特被安排在一間最大的窩棚裡。這是女族長自己的窩棚，今晚她將它讓給客人，自己和兒女們睡在一起。灰山精主人一貫是這樣招待重要的客人。

窩棚由木頭架起，底部高於地面，內部鋪著一層層艾絨和金指花瓣，室內僅有一兩個小陶罐作為擺設。灰山精和獸人之類的種族不同，他們的住所雖然原始卻並不骯髒，而且他們懂得利用離地結構和有特殊氣味的植物躲避蟲蛇。

即使如此，這也是伯里斯住過的、最簡陋的地方。等灰山精們離開後，他的滿面春風立刻變成了愁眉苦臉。

洛特捏起一瓣金指花瓣聞了聞，皺著鼻子把它扔在一邊。這種東西的驅蟲效果肯定很好，人的鼻子靠太近都快受不了。

「大人，那都是真的嗎？」伯里斯看著他。

「什麼是真的？」

「就是……指揮劍魚，在風暴中抵抗什麼的。」對伯里斯來說，這些故事是今晚唯一的樂趣。

洛特搖搖頭：「我以前確實來過海島，也見過灰山精，不過那時候大家都叫他們食人魔。

致施法者伯里斯閣下及家屬

但我沒有打過海怪，也沒指揮過劍魚啊。他們的祖先可能見過我原本的面貌，然後幻想我做出各種符合他們審美喜好的事情……」

伯里斯疲憊地笑了笑：「灰山精就是這樣。他們特別喜歡編故事，而且相信祖輩的所有故事都是真的。」

「對了，你一直叫他們灰山精。」窩棚不大，洛特這次可以名正言順地擠在伯里斯身邊，「我印象中他們被稱為『食人魔』，你說食人魔是蔑稱？」

「是的。」伯里斯說，「不止昆緹利亞，世界各處都有灰山精的蹤跡，『食人魔』這個稱呼完全是誤解，其實他們不吃人。很久以前，他們和西荒人都被獸人聚落驅逐屠殺過，在逃荒時，有些灰山精似乎吃過西荒難民的屍體。從那時起，人類社會就普遍開始稱他們為『食人魔』了。大約一百年前，一些維護稀有種族利益的組織提出這個稱呼不妥，經過種種努力，現在我們都改用『灰山精』這個稱呼了。這是精靈們想出來的名字。」

「精靈想的？那灰山精怎麼稱呼自己？」

「他們並沒有替自己的種族定下稱呼，他們不取名字。」伯里斯從木縫裡看向外面，不遠處是女族長和她女兒的窩棚，「大人，您應該也留意到了，我沒有問過她的名字，她也毫不關心我叫什麼。」

洛特這才意識到新奇之處：「完全不取名字？他們彼此怎麼稱呼？」

「他們有『媽』、『孩子』、『姐妹』、『兄弟』之類的稱呼，除了這些之外，就用發音、眼神和手勢交流。他們也不喜歡幫物品和地點取名字，剛才女族長提到的地名，全都是外界的人這麼叫了，他們才跟著一起叫的。」

這時一名年輕的灰山精來到窩棚下，恭敬地遞上一個芭蕉葉包著的小包裹，裡面是兩顆鑽好洞、插著中空莖稈的椰子，和一坨不知道叫什麼的泥土色物體。

椰子不錯，至於那坨似乎是食物的泥土色物體……洛特和伯里斯誰都不敢吃。他們並肩坐在昏暗潮濕的窩棚裡，聊著灰山精的各種趣事，又聊到了昆緹利亞的其他種族。

「明天我們要去那個海淵之塔嗎？」洛特吸著椰子問，「我們為什麼不直接求助蘇希島的海防軍呢？我不太建議去海淵之塔，聽說那裡住著一個精靈法師？」

伯里斯打了個哈欠：「嗯，那裡住著一個精靈法師，我們都叫他莫維亞大師。就算要找海防軍，我們也必須先經過他的同意。無論怎麼做，找精靈幫忙必須經過他。」

洛特猶豫了一會兒：「也許我們可以直接找海防軍？或者去找普通水手租船？讓別的精靈向那位大師申請一下許可就可以了，也許我們不需要去拜訪他，這樣也比較節省時間。」

「看情況吧……」伯里斯的上下眼皮開始打架，「沒事的，並不是所有精靈法師都像黑松一樣……」

說完，他蜷縮到窩棚一角，靠著填充軟草木的墊子閉上眼睛。因為疲勞和睏倦，他根本沒有察覺到洛特對海淵之塔的怪異態度。

飄在空中的小光球暗了下來，僅剩一絲微光。洛特將光球勾到手邊，漫不經心地把玩著。

致施法者伯里斯閣下及家屬

海淵之塔上的「莫維亞大師」？

仔細想想倒也不奇怪。一百六十年過去，那個傻乎乎的年輕精靈也被稱為「大師」了。

洛特也閉上眼睛，眼前浮現出一場遙遠的海上暴風雨。

致施法者伯里斯閣下及家屬

To Burris the Spellcaster and His Family Dependent

Chapter 11

致施法者伯里斯閣下及家屬

六十幾年前，清晨寒冷的森林裡，伯里斯握住了黑袍人伸向他的手。

兩人沉默而緩慢地走了好久，伯里斯突然想起來，他還沒問黑袍人叫什麼名字。

「我……我該怎麼稱呼您？」

黑袍人沉思著，好像這個問題很難回答似的。過了一會兒，他用帶著笑意的聲音說：「上一次，有人叫我死神。」

但「死神」是不存在的。伯里斯熟讀各種宗教典籍與神術書籍，他知道「死神」只是一個文學形象，而不是真實存在的東西。

在真正的神明中，既與死亡有關，又曾在人間留下過足跡的只有一位，那就是迎接亡者的奧塔羅特。顯然這個人不可能是奧塔羅特。

其實與死亡有關的神還有一位——黑湖守衛，祂是監視靈魂河流的次級神，曾駐守在亡靈殿堂前的黑湖裡。這個人肯定也不是黑湖守衛，據說在遠古時期位面割離之前，黑湖守衛就已經因戰爭而死去了。

伯里斯沒有提出質疑，就當「死神」是個代稱好了，黑袍人大概不想透露真實身分。

「我見過您……在囚車裡，我好像看見了……」

「是的，那時我也看到你了。」死神說，「但我並沒有一直跟著你們，因為……唉，那片森林真是太精彩了，連我都遇到了不少『驚喜』。」

怪不得。怪不得伯里斯覺得沿路遇到的危險比預料中還要少，原來黑袍人一直漫遊在他們附近，幫他們清除掉不少尚未被觸發的危機。

「您為什麼要幫我們？」伯里斯問。

「沒有什麼特殊原因，只是找點事做。」

剛回答完，死神突然回過身，敏捷地接住了伯里斯突然癱軟的身體。這段路上，死神只輕輕拉著他的手腕，從未用力抓握他的手指。當他腳下一軟時，死神也沒有拉住他的手，而是直接抱住了他。

被接住之後，伯里斯才意識到自己差點跌到。剛醒來時他的狀態還可以，誰知還沒走多遠，他就再次體力不支了。

黑袍人拿出一些行軍乾糧，是他從死去的騎士身上搜刮來的。他坐了下來，讓法師靠在自己懷裡，從水袋裡倒出一點水沾濕乾糧，再剝成小塊餵給伯里斯。

伯里斯確實很久沒吃東西了，但他根本感覺不到飢餓。他抖得厲害，腦子也越來越不清楚，勉強吃下一點東西後，他不得不捂住嘴，抑制住把它們吐出來的衝動。

靠在死神懷中，伯里斯迷迷糊糊地想著：你才不是死神，你甚至不是亡靈，因為你明明有體溫。

死神摟著他，在他耳邊嘆息了一聲。

「小法師，你可以休息，但是不可以死，知道嗎？」

「知道，我不會死的。」伯里斯的聲音很虛弱，但他回答得十分堅定，「去珊德尼亞……

致施法者伯里斯閣下及家屬

可能……去南方……我要重新開始，將來……我自己的法師塔……」

說著說著，他自己都聽不見自己的聲音了。他又再一次昏睡過去，睡得比昨晚更安穩。

他沒有做惡夢，而是夢到了繁華的城市、恬靜的田園、略嫌喧鬧但秩序井然的教院；他夢到自己住在擁有無數藏書的高塔裡，每天都與身邊的學徒探討法術理論；他夢到自己站在陽光下，有一雙靈活健康的雙手；他交到了很多朋友，與他們一起探索神祕地域；別人尊稱他為閣下，他向對方欠身致意；他回望遠方，白塔已經永遠消失；他帶著很多禮物回到霜原，威拉與阿夏快樂地迎接他……

黑袍死神整理了一下斗篷，摸了摸伯里斯的額頭。

移開手掌的時候，他發現小法師竟然在睡夢中露出了淺淺的微笑。

雖然海島潮濕、窩棚簡陋，但伯里斯和洛特竟然睡得特別熟。如果不是灰山精在外面大聲叫喊，他們可能會一覺睡到正午。

伯里斯一睜眼就看到了洛特的臉，兩人的距離太近了，近到連眼睛都沒辦法對焦。

幸好洛特沒有徹底清醒，還在閉著眼睛嘟嘟囔囔地蠕動。伯里斯趕緊坐了起來，隨便整理幾下頭髮，一本正經地把洛特推醒。

灰山精在窩棚下方準備了兩桶清水，還有一些果乾和堅果。在兩位虛弱睏倦的客人簡單漱洗時，灰山精已經準備好了要出航的船隻。

一切準備妥當後，女族長念出祝福詞，目送兩位客人離開聚落。他們花了幾個小時才穿過叢林來到島嶼另一側的海港，看到了據說「最堅固」的一艘簡陋小帆船。

從這裡到蘇希島不算遠，只有半天的航程，負責開船的是女族長的孫子和孫女，一對土色毛髮的大個子兄妹，據說他們不僅是部落裡最優秀的水手，還是最優秀的說故事專家。

洛特很高興能聽故事，雖然灰山精的故事不怎麼好聽。奇怪的是，這對兄妹在起航後一言不發，只是默默做著手裡的事。在岸上時他們卻不是這樣，他們總是見縫插針地講故事。

在航行中，伯里斯一直躲在船艙裡。與其說是船艙，其實只是個四處漏風的木頭窩棚而已。他暈船了，以前他坐過更大的海船，那時他能在甲板上健步如飛，一點不適都沒有。可是這種小船不同，它在海裡乘風破浪時顛簸得太厲害，能把人的腦子震得四分五裂。

洛特鑽進船艙，心疼地看著伯里斯蒼白的小臉。「也許你出去會更好，」洛特建議道，「反正都是顛簸，看著海面也許會舒服一點。」

伯里斯點點頭。其實他也不知道外面會不會好一些，反正他在任何地方都不舒服。

洛特體貼地攙扶著他鑽出船艙。兩人背靠窩棚坐在甲板上，看著前方掌舵的灰山精妹妹，和剛剛調整過風帆的哥哥。

兄妹倆的簡短對話中有一些奇怪的東西，雖然頭昏腦脹，伯里斯還是敏銳地捕捉到了。

於是他主動發問：「好水手，說了風暴？」

「沒有風暴。」灰山精哥哥不好意思地抓了抓頭，「不害怕，沒風暴，不是說風暴，說了風暴影子。」

「風暴影子？」

伯里斯和水手（十分沒效率地）聊了一會兒，漸漸明白了「風暴影子」的意思，也明白為什麼這對兄妹上船後略顯緊張。

昆緹利亞海域在某些季節會有風暴，這本來不奇怪，可是不知道從什麼時候開始，風暴裡好像隱藏著別的東西，海島居民們多了一種敵人——驚濤魚人。

驚濤魚人是人類的叫法，灰山精把牠們稱為「人鯊」。這是一種體格健壯的海底類人生物，牠們的體格比灰山精大一圈，身體脂肪很厚，牙齒像鯊魚一樣，有肺也有腮，還長著一種特殊的皮膚，可以自然地調節身體受到的壓力。但是這個種族的智商很低，基本無法和其他種族交流，所以也有人認為牠們應該算是動物，而不是類人種族。

驚濤魚人生活在茫茫大洋與海溝之中，通常很少來到近海。奇怪的是，大約一百年前，有整整一個族群的魚人跟著風暴來到了昆緹利亞，還欺近了黑崖堡沿海區域。

牠們群體行動，襲擊所有遇到的船隻，還偶爾上岸傷害沿海漁民。為了驅逐魚人，沿海的人類軍隊和昆緹利亞精靈聯合在一起，花了大約一年的時間才徹底將魚人族群趕回大洋深處。

這次戰役十分詭異且慘烈，故而留名歷史。不過凡事都有兩面，從這以後，人類和海島精靈的合作越來越頻繁，還逐漸開發出了穩定的商貿航路。

後來有研究學者認為，魚人的異常行為源於一系列天象與地質運動。魚人的棲息地發生了海底地震，牠們跟著震波來到近海，又恰巧遇到了難得一見的紅圓月，紅圓月會讓很多生物失常發狂，催生一系列毫無緣由的暴力行為。

在更久遠的歷史中也出現過魚人襲擊的紀錄，每一次都伴隨著紅圓月和遠海中規模不等的海震，只不過，以往那些都是獨立的零星事件，從未出現過大規模侵襲。

大戰初見端倪時，第一艘遇害的船隻沉沒在蘇希島附近，它沉沒的位置就是「風暴的影子」。

這個命名也是有原因的，其原因要從大戰再向前追溯六十年左右。當年曾有一艘精靈漁船遭遇風暴，在蘇希島附近翻覆沉沒，多年後，另一艘船被魚人襲擊時，正巧是在同一個座標上。昆緹利亞的居民認為那是個被詛咒的區域，遂將它命名為「風暴的影子」。

因為那個區域不吉利，所以灰山精兄妹打算繞過去，剛才他們就是在聊這件事。

而真正讓他們緊張的並不是海域，而是傳說中的魚人。前不久，有兩艘灰山精的小船出海後一去不回，部族中其他人都說他們是遇到了鯊魚，或者是船觸到了礁石，但這對兄妹不這麼想。他們幫那兩個漁民修過船，知道船隻的情況。他們覺得是魚人又來了。

掌舵的灰山精妹妹一開始只是聽著，聽到客人和哥哥聊得差不多了，她指著遠方補充道：「蘇希島知道，海淵塔法師知道。」

「為什麼？」伯里斯問。

「精靈很多巡邏，船多，平時不多，現在多。還有，海淵塔法師懂，法師懂很多。」

他們指的是海淵之塔的主人，莫維亞大師。

致施法者伯里斯閣下及家屬

伯里斯看向洛特，後者一臉放空地望著海平線。

說來奇怪，今天洛特怎麼一直沒有插話？還有，之前他們聊到海淵之塔，為什麼洛特表示不想接觸塔裡的法師？他對五塔半島很好奇，還喜歡聽各種新奇的法術，他怎麼會對昆緹利亞的精靈法師毫無興趣？

向前推算一百六十年左右，似乎正是骸骨大君上一次離開亡者之沼的時候。

難道您認識那位大師？伯里斯想問，又一時不知從何問起。

在他猶豫之時，一股衝擊撞上了船底。灰山精兄妹同時尖叫了一聲，洛特則立刻緊緊摟住身邊的法師，生怕他從甲板上滾落。

「怎麼……」伯里斯還沒問出完整的問題，船身又接連被撞擊了幾次。

令人不安的，是每次撞擊都來自不同方向，就像是某些東西從下方包圍了小船。撞擊越來越密集，越來越頻繁，力道忽大忽小，似乎在尋找船身最薄弱的地方。

不會這麼巧吧？

伯里斯沒有親眼見過驚濤魚人，只在書上讀過相關文章。現在這艘小船的遭遇，和當年的魚人襲擊案件一模一樣。

驚濤魚人的襲擊模式和歷史記載中的一模一樣。牠們圍攻船隻，在船艙側面開洞，然後不停推撞船體令其加速沉沒。

伯里斯心裡一沉，感覺自己來到了一本拙劣庸俗的冒險小說中。主角來到某個地方，當地人對主角講了一些怪談，然後主角順利遇到了捲土重來的恐怖生物。

伯里斯可以試著攻擊魚人，但他沒辦法拯救不停下沉的船隻。短暫思考後，他推開了洛特摟著自己的手臂：「大人，您去幫助灰山精，我想辦法對付魚人。」

「我有更好的主意。」洛特說，「你去幫助灰山精，我來負責對付魚人。在這之前，我要先幫你站穩一點……」

說完，骸骨大君展開一對仿龍翼，重新把伯里斯摟在身前。兩人的腳懸浮在空中，離開了晃動不停的船體。

顛簸會影響法師雙手動作的精準度，浮在空中後就好多了。伯里斯念起咒語，雙手在身前召喚出一塊方形力場，力場旋轉了九十度，形成一片半透明的飛毯。

這張力場飛毯比較簡陋，只能隨風懸浮，無法調整速度，而且持續時間只有不到一個小時。其實伯里斯曾考慮過用它渡海，但航行並不是一直向前這麼簡單，大海的廣闊程度也超乎一般人想像，所以他寧可尋求傳統的航海方式。

如果加上一枚無限風囊，力場就可以任意加減速度；如果能在施法時使用一枚恆久珠，力場就可以持續存在十天到一個月。可惜現在不行，事出突然，他來不及做這麼多準備。

幫助伯里斯爬上飛毯後，洛特脫掉略嫌礙事的長袍，消去翅膀，自由落體般扎進海裡。

伯里斯花了點時間才讓灰山精兄妹放心地爬上飛毯。三個人飄了一小會兒，突然一條帶鰭的腿從他們面前飛過。

腿從船左邊飛起，自右邊落下，然後一隻灰藍色人形生物「嗖」地彈了起來，又「噗」的一聲落回海裡。

接著是第二隻、第三隻……連續好幾隻不太完整的魚人被拋向半空中，又重重落下，深藍色的血液在空中劃出一道道拋物線。

海浪漸漸變得越來越耀眼。因為驚濤魚人的皮膚上有細小的鱗片，鱗片破碎散開後，海水被染上了一層淺色偏光。

灰山精兄妹都嚇傻了。伯里斯抓著力場邊緣擔憂地往下看，正好看到洛特濕淋淋地浮了上來。

洛特很有精神，應該沒吃什麼虧，但從他的表情來看，他顯然受到了不小的震撼：「怎麼這麼多魚人！太多了！我都數不過來！而且牠們不怕我！我的手段那麼殘忍，牠們竟然不怕我！」

伯里斯還沒來得及說什麼，洛特又潛回水下。再浮上來的時候，他張開仿龍翼：「這樣簡直沒完沒了，我們還是走吧！」

當他要起飛時，好幾隻魚人一起抓住了他的腳。牠們打算利用數量優勢，把這個難以對付的敵人拖入深海。

骸骨大君從未探索過海洋。雖然他不會溺水，但他並不知道自己是否能對抗水壓。他加大力量，拖著下面的東西一起離開海面。四隻強壯的灰藍色魚人環繞著他，緊緊抱著他的大腿，下面還有更多魚人抱著同伴的身體，像一串沉重的魚怪葡萄一樣掛在他身上，最下面的那隻甚至還少了一條腿。

其中一隻魚人想張口咬住洛特，不遠處的伯里斯立刻施展射線，準確地刺穿了牠的頭顱。幾秒之內，抱緊洛特的四隻魚人都被射線擊中，腦袋炸開，伯里斯覺得這種手感十分熟悉，有點像在實驗室裡切骨頭上的腫瘤。

驚人的是，已經死掉的魚人竟然不會鬆手，牠們的手臂內側和掌心長有吸盤，可以繼續緊緊攀附在洛特身上，洛特無奈，只好手動把牠們剝開。

這時，下面更多的魚人開始往上爬，邊爬邊張開長著三層牙齒的嘴。伯里斯打算繼續施法攻擊，洛特腦內卻靈光一閃，想到了更方便快速的辦法。

他解開腰帶，果斷地脫掉褲子。

褲子和魚人一起跌落回海中，洛特也趁機飄浮得更高，讓牠們跳出海面也抓不到他。

作為一個八十四歲高齡的法師，伯里斯年輕時也算經歷豐富。他進過森林，看過大海，上過雪山，探過地下城，他見過很多戰鬥，也親身經歷過不少，而今天看到洛特的戰術時，他仍然吃驚得目瞪口呆。

雖然不體面，但符合邏輯且易於操作。聽說在古時候骸骨大君曾率領亡靈軍隊驅逐煉獄生物，不知他在昔日的戰場上是否也有過類似的表現。

「幹嘛這麼吃驚？」洛特向力場飛毯靠近，「我又沒脫內褲！你們至於這樣瞪著我嗎？」

這時，灰山精哥哥指著一個方向叫了起來：「船！精靈船！」

致施法者伯里斯閣下及家屬

伯里斯順著他指的方向望去，兩艘輕巧的小船正快速靠近。划船的是兩個身穿蘇希島軍人制服的精靈。更遠處，一艘巨大的三桅帆船遙遙駛來，船上懸掛著繪有白花與波濤圖案的藍色旗幟。

一個身穿灰色斗篷的精靈站在大船瞭望臺上，愣愣地看著沉船和飛毯的方向。

最近天象異常，潮汐紊亂，有很多昆緹利亞居民目睹了驚濤魚人出沒，海淵之塔的法師也偵測到了異常的海洋波動。於是，蘇希島的海防軍加強巡視，把日常巡邏範圍擴大了好幾倍。

對海防軍裡的年輕精靈來說，今天是特別的一天。

今天，海淵之塔的莫維亞大師親自來到了他們的船上；今天，他們親眼目睹了驚濤魚人攻擊漁船；今天，他們遠遠看到一個坐在飛毯上的人類法師，他年紀輕輕，卻勇敢而精準地擊殺了魚人；今天，他們看到一個沒穿褲子的男性人類飄在空中，背上長著一對縮小版龍翼；今天，他們之中的兩個士兵還要負責用小船把灰山精兄妹送回老家，一路上聽他們興奮地根據這些經歷編新的故事。

灰山精被送回島嶼，伯里斯和洛特則被接到了大船上。精靈海防軍十分體貼地為他們準備了沖洗身體用的淡水，還準備了乾燥的臨時替換衣物。

伯里斯很快就整理好自己，洛特卻留在艙室內磨磨蹭蹭不肯出來。

伯里斯敲門催他，洛特先是說泡在淡水裡太舒服了懶得出來，又說精靈替他準備的衣褲不合身，當伯里斯指出那些衣服極為寬鬆時，他又說不願意和軍隊負責人談話，覺得官僚貴族非常煩人，想留在船艙內休息。

您對薩戈的國王和親王都沒大沒小的，怎麼可能嫌官僚貴族煩？伯里斯簡直要笑出來了，洛特的撒謊方式就像小孩子怕吃藥一樣。

到底是什麼事讓他變得這麼幼稚？不，也不能說他「變得」幼稚，自從重獲自由之後，他一直都表現得十分幼稚。

伯里斯靠在門上捏著眉頭，忍不住回憶起六十幾年前初遇時自稱「死神」的大君。但現在看來，當年他看似沉穩，也許內心戲十分豐富，只是他忍著沒有表現出來而已。

背後的門突然開了，伯里斯毫無防備地失去平衡。他跌進洛特的懷抱裡，被從後面摟著拖進船艙。

「事到如今，我還是告訴你吧！」洛特用腳關上門，扳著法師的肩讓他轉過身。

伯里斯無奈地看著他：「到底怎麼了？您說吧，我們是永遠的盟友，如果有什麼麻煩，我肯定會與您一起面對。」

洛特嘆口氣，像是下了極大的決心：「其實，我認識那個精靈大師，不過我們不熟，而且我們的關係不太好……」

伯里斯剛想接著問下去，一陣急促的腳步聲突然闖進船艙走廊，停在房間門外。

「是你嗎？」門外傳來帶點口音的通用語，是精靈的聲音，「來自異界的骸骨大君……

是你嗎？我知道是你，我記得你，我知道一定是你回來了！不要擔心，我對其他精靈解釋了你身上龍翼的問題，我告訴他們這是法師的防禦法術，他們不會太過好奇，你的身分不會被無關的人知道……」

伯里斯看看門板，又回頭看看大君。聽起來，精靈法師並沒有和他「關係不好」。

「是莫維亞大師，」洛特壓低聲音在法師耳邊說，「我討厭那個精靈！」

他低估了精靈這個種族的聽力。門外的精靈法師聲音顫抖：「我知道你討厭我！你應該討厭我，甚至應該恨我，我虧欠你很多很多……現在你回來了，我很高興，真的，我真的很高興！我們應該好好談一談，給我一次機會吧！吾友，請不要避開我，我……」

伯里斯走到門邊，拉開門閂。洛特無奈地點了點頭：「好吧，我不能永遠躲在這裡，畢竟這是你們的船。」

說完，伯里斯拉開門。外面的精靈低著頭，一手捂著眼睛，好像剛哭過。聽到門開了，他抽泣著撲了進來，直接撞進伯里斯懷裡。

其實這位精靈法師沒有多重，力氣也不大，但因為伯里斯自己沒站穩，他還是被精靈撲得向後趔趄。

洛特反應特別快，立刻伸手扶了法師一把。不巧，這時船身一個顛簸，三人便一起跌倒在地板上，而且緊緊擁抱在一起。

場面一度變得十分尷尬。

致施法者伯里斯閣下及家屬

To Burris the Spellcaster and His Family Dependent

Chapter 12

致施法者伯里斯閣下及家屬

「是我的錯……抱歉。」精靈法師手忙腳亂地站起來，金髮凌亂地貼在臉上。

莫維亞大師金髮碧眼，身材瘦高，相貌和其他昆緹利亞精靈不太一樣，他更像艾魯本森林的精靈——也就是黑松所屬的那支精靈民族。

森林精靈四肢修長，金髮白膚，身高體格與人類相差不大；而海島精靈普遍是黑色或褐色頭髮，蜂蜜色皮膚，眼睛顏色介於棕色與綠色之間，體格更加嬌小，肢體結實纖細，有著貓科動物般的迷人線條。

伯里斯聽說過莫維亞的出身。他是森林精靈與海島精靈的混血，外貌更多地繼承了父親一方。他在精靈中年紀不算很大，應該正處於壯年，看著他的時候，伯里斯不由得想起黑松，別的精靈已經獨當一面了，自己的學徒還是那麼幼稚貪玩。

洛特在一邊憂心忡忡，兩個互不認識的法師卻先聊了起來。

禮貌地寒暄之後，莫維亞問起人類法師的身分，伯里斯依舊自稱為柯雷夫，是伯里斯·格爾肖的學徒。精靈聽說過伯里斯，他對這位人類法師讚不絕口，尤其欽佩他促進了異界學與死靈學合法化，以及推行並普及了魔法材料與藥材商販公會制度。伯里斯這輩子被誇習慣了，他完全不會臉紅，只是應和著說「我的導師聽到這些話一定會很高興」。

莫維亞認識骸骨大君，所以這方面就沒辦法欺瞞他了。「學徒柯雷夫」告訴精靈的故事是這樣的：導師伯里斯找到某種破除詛咒的方式，前往亡者之沼釋放了骸骨大君，這之後老法師沉迷研究無法自拔，一直沒有出現在學生面前，他把陪伴骸骨大君的任務交給了學徒柯雷夫，柯雷夫和骸骨大君一起參與五塔半島的會議，因法術失誤而被傳送到南方的海島上。

伯里斯很怕莫維亞會問「你們破除詛咒用的是什麼法術」，好在精靈法師很懂規矩，他只是靜靜聽著，完全沒有提問。

法師交換知識很常見，但這僅限於地位平等的法師之間，且必須雙方當面談論，如果你向別人的學徒打聽其導師的研究內容，則會被認為是十分失禮的行為。

法師們還在親切友好地談話，洛特卻不耐煩地站起來，說要去甲板上吹風。

莫維亞想挽留他，伯里斯卻拍拍精靈法師的手臂，搖了搖頭。

洛特離開後，莫維亞的眼睛又有點濕潤：「我……我會永遠視他為摯友的，但如果他討厭我，我也只能接受。」

「大師，你與那位大人相識……是在一百六十幾年前？」伯里斯問。他深深覺得自己被洛特傳染了，現在他瘋狂地好奇當年到底發生了什麼事。

「你怎麼知道……」

「我的導師推算過一些關於骸骨大君的事情，我是根據這些猜測的。」

「原來如此……」精靈說，「伯里斯．格爾肖大師應該告訴過你，骸骨大君每一百年能出來七天，我就是在那時遇到他的。他救了我，還告訴我他的身分，為了報答他，我承諾要幫他破除詛咒，讓他不必永遠被困於亡者之沼。

「當時，他希望我能到法師塔裡幫他找一本書，那本書很古老，可能與他身上的束縛詛咒有關。我答應了，卻一直沒有幫他做到這件事，因為那時我還不是海淵之塔的主人。我發誓要成為優秀的法師，要盡快研究出幫他破除詛咒的方法，我告訴他一定要等我……但是……真是太羞愧了，我沒有辦到，我什麼都沒辦到。他離開後，我的研究一直毫無起色，於是我很快就不再關注這件事了……」

莫維亞低著頭，塌著肩膀，看得出來他是真的十分內疚。如果不是今天的巧遇，搞不好他早晚會徹底忘記這件事。

伯里斯下意識想安慰地摸摸精靈的頭，他對黑松和艾絲緹都這樣。但剛伸出手，他又察覺不妥，自己現在只是個二十歲的學徒，而對方是海淵之塔的主人。

比起這些，更令他震驚的是洛特巴爾德大人的昔日經歷。骸骨大君是怎麼回事？難道他在每個七天裡都會救一個法師嗎？是他的命運如此巧合，還是他有救法師的興趣愛好？

除了自己，除了莫維亞，他到底還招惹過多少法師？他救活了多少？是不是還有他沒救活的？

他是不是對每個法師都說了同樣的話？是不是每個法師都承諾幫他破除詛咒？

伯里斯有點失落，又有點自豪。

自豪的是，不論有多少人作出承諾，有能力履行承諾的只有自己一人；失落的是……是什麼呢？他一時也說不清楚。

「只要你能帶我離開，我就自願成為你特別的盟友。我的法師，你是我命中註定的人，我將在亡者之沼等待你。」

這段話，到底有多少人聽到過？

房間內陷入短暫的沉默。伯里斯百感交集，莫維亞羞愧難當。

正當兩人打算談點公事打破尷尬時，洛特突然從門口衝了進來：「你說得簡單！我讓你找書，你害怕被導師責罵，就一直拖著不做！你不想做也可以，你可以直接拒絕我啊！你嘴上說著一定會幫我，實際上你什麼行動都沒有！你讓我白白期待了好幾天，我還寬慰你說不要太為難，誰知道你每天都過得心安理得，快快樂樂地和孤寡禿頂中年人類男子打情罵俏……」

莫維亞的臉色瞬間蒼白，一句話也說不出來。他肯定想從很多地方反駁，但一時不知道該從哪裡入手。伯里斯十分理解這種狀態。

當年遇到莫維亞的時候，骸骨大君多半是維持著一副溫和克制、成熟穩重的模樣，現在莫維亞猛然發現到他真實的一面，必定會瞠目結舌、無法招架。

憋了半天，莫維亞憋出一句話：「芬尼導師他……不是禿頭……」

洛特抱著手臂靠在門邊，一臉憤懣：「等等，剛才是我不對，我不該牽扯到你那個人類導師，他是個與此無關的好人。莫維亞，你知道嗎？如果你幫不了我，我一點也不怪你，我被諸神詛咒和囚禁，而你只是個普通法師，你幫不了我也很正常，能幫助我的人都是絕世的天才。」

說著，他對伯里斯擠了擠眼睛，但伯里斯莫名地介意剛才那句「孤寡禿頂」，這句話讓他原本就複雜的心情變得更加糟糕。

「讓我不開心的，是你的態度！」洛特接著說，「你騙我說能拿到芬尼的書，所以我等著，可實際上你並沒有付出過哪怕一點努力；你騙我說總有一天會幫我離開亡者之沼，我感謝你，你要是嘗試了之後辦不到也沒辦法，我不怪你，但是，你是怎麼說的？你竟然『很快就不再關注這件事了』？」

伯里斯忍不住問：「大人，您不是去甲板上吹海風了嗎？難道您一直在外面偷聽我們說話？」

洛特理直氣壯地回應道：「我先大聲離開，然後又悄悄地回來了。沒什麼，反正這也不是我第一次偷聽。對了，這麼一想有點有趣啊，上次我也是偷聽你和精靈在小黑屋裡說話。」

「您……」伯里斯腦子裡盤旋著一堆東西，偏偏組織不出語言。他自認為比莫維亞擅長溝通，但面對洛特，他也只能思維凝滯。

莫維亞仍然苦著臉、低著頭，一點也不像名聲在外的高塔之主。他笨拙地辯解道：「因為我……我不能欺騙芬尼導師。我多麼嚮往能跟隨他學習，多麼希望能被他承認。我不敢冒險，萬一被他發現，他可能會讓我離開高塔。還有，芬尼導師是我的救命恩人，我怎麼能欺騙他……」

「所以你就可以騙我？」洛特打斷了他的話，「還有，這麼多年了你竟然都不知道，把你救回沙灘的人是我，不是什麼芬尼導師！他抵達沙灘時你還沒醒過來，我看到有人來了，就躲在岩石後面悄悄觀察，看到他替你做了人工呼吸……」

「人工呼吸也是救了我啊……」莫維亞順口說著，突然他愣了一下，「等等，是你把我從海裡救上來的？在那樣的暴風雨裡？」

「不是我還能是誰？精靈或者人類能在那種暴風雨裡來去自如嗎？」

「我以為是芬尼導師的魔法……」

聽他們說話時，伯里斯好幾次想插話但卻欲言又止，現在他終於忍不住了：「等等，難道剛才灰山精說的……那艘一百六十年前遭遇風暴的船，說的就是……」

莫維亞苦著臉點點頭：「嗯，是我的船。那時我什麼都不懂，做了一些蠢事。」

伯里斯問：「後來有個昆緹利亞精靈詩人在內陸聲名大噪，他寫過一個關於賽蓮的悲劇故事，你們聽說過嗎？」

這個故事真的很有名，估計十國邦聯內每個吟遊詩人都講述過，不愛看故事和戲劇的人也會聽說過。

洛特頓時領悟：「我看過！不久前剛剛看的！」

故事講述的是一個發生在昆緹利亞的愛情悲劇。一位英俊的金髮王子在生日當天溺水，被住在海底的賽蓮救起。為了和王子在一起，賽蓮自願喝下毒藥，把魚尾變成雙腿，犧牲了在海底的美滿生活，可是最後王子還是和人類結婚了，於是賽蓮只能孤獨地化為泡沫。

當然，昆緹利亞根本沒有王子，也沒有賽蓮，同時滿足金髮與英俊這兩個條件的，只有莫維亞大師了。

洛特回憶了一遍故事，難以置信地張大嘴巴。這個故事流傳了一百多年，其中細節修改過好幾個版本，這麼聯想起來，搞不好源頭真的是一百六十幾年前的他。

這讓他更生氣了：「莫維亞大師，你騙我還不夠，還把這個事改得肉麻兮兮到處傳播！」

莫維亞很委屈：「我沒有！只是……當年很多人都知道我溺水的事，也知道島上有個陌生的客人突然出現又神祕消失，所以，有些精靈詩人就即興創作了一下……」

「他們還把我的性別改了！」

「不，你的種族也改變了啊……」莫維亞的辯解只會讓人更加不爽。

這時，伯里斯清了清嗓子，笑咪咪地走到兩人中間：「兩位，請冷靜一下。我聽說這艘船在黃昏前就可以回到蘇希島港口，在這之前，兩位何不坐下來慢慢敘舊談心？」

說完，他禮貌地欠了欠身，轉身走出房間。

洛特追了上去問他要去哪裡，他微笑著回過頭：「我去甲板上吹吹風。」

洛特可不會輕易放棄。他緊跟著伯里斯，比兩人平時走路的距離還近。伯里斯也沒拒絕，他不想像十幾歲的孩子一樣發脾氣。

而且……有什麼值得發脾氣嗎？有人做錯了什麼事嗎？骸骨大君在七天的短暫自由中救助別人，這是好事；他希望對方能幫他破除詛咒，這也完全能理解。

站在甲板上，伯里斯忍不住譴責自己：你為什麼變得如此膚淺？你一大把年紀了，為什麼性格卻越來越幼稚？

聽說人老了之後個性就會改變，原本成熟冷靜的人可能會變得嘮叨又多慮。伯里斯一直不信，因為他自己並沒有變成那樣，他認識的幾個同齡人也沒有。現在看來，也許自己在不知不覺間已經變了。

但好像不太對……現在我是二十歲啊！

伯里斯無意識地摸著頭髮，開始思考會不會是肉體的變化影響了性格什麼的，也許心態容易波動和變年輕有一點關係……

洛特一直跟在伯里斯旁邊。盯著法師許久之後，他終於忍不住了：「伯里斯，我一直在等著呢，你怎麼不問我啊？」

伯里斯一臉茫然地轉過頭：「問什麼？」

「你要讓我給你一個解釋啊！在我開始解釋的時候，你要對我說『我不想聽』，然後我找個機會擁抱你一下，或者親你什麼的，這樣我才可以繼續說下去。」

伯里斯顫了顫，把新換上的衣服裹得更緊了。海風有點冷，如果一直這麼冷，他打算到船艙裡再拿一件斗篷。

洛特真誠地盯著他，等待他的答覆。

「你說啊。」洛特催促道。

我說什麼？我已經連話都不會說了！伯里斯在心中無聲地吶喊著。

「那我直接跟你說吧。」洛特只好放棄了前面幾個步驟，似乎有點小失望，「從遇見你的那個七天向前推一百年，上一個自由七天的時候，我出現在昆緹利亞一帶，遇到了莫維亞。你知道的，在我徹底掙脫詛咒之前，我的力量相對完整，那時我不需要用嘴施法，也不會飛得比走路更慢。當時我正用飛行的方式渡海，並且遇到了一場風暴。

「我不介意電閃雷鳴，但海上的小船就不行了。我沒有試過從風暴裡拯救一艘小船，也不知道該怎麼做，正猶豫的時候，船已經翻了。船上只有一個水手，就是莫維亞。我把他從海浪裡撈出來的時候，他已經昏過去了。對，我是在天上飛，我並沒有像賽蓮那樣從海底把人托起來。

「然後我把他帶到了蘇希島，恰巧他就是從這裡啟航。我看到了一座類似燈塔的東西，塔的不遠處還有沙灘，於是我把精靈帶到了沙灘上。我躲在岩石後面整理裝束的時候，沙灘上有人過來了，來的不是精靈，是個中年人類。他把精靈抱了起來，於是我的任務也就結束了。

「這之後，我變成人類外形，也就是現在這個樣子，在島上閒晃了一陣子。在這期間，我聽說了那個精靈的身分，知道他叫莫維亞，還打聽到一堆關於他的閒話。當年他的母親在陸地生活過一段日子，有一天她懷著身孕回到島上，據說他父親的家族很封閉，不肯接受海島精靈，硬是把她驅逐出來。更慘的是，他母親生產後不久就病死了，只留下一個金髮白皮膚的、據說長得更像父親的莫維亞。島上的精靈們談論他的時候，語氣總帶著嘲笑和排斥，我猜他小時候的日子大概不好過。

「在他快成年時，有個人類法師出現在蘇希島，好像是叫芬尼什麼的吧。他和精靈們的關係不錯，最後還建了法師塔，定居在島上。那座塔就是我在沙灘上看到的燈塔，也就是海淵之塔。莫維亞一直很嚮往那個法師，他想做學徒，想學魔法，想伺候那個人類一輩子，可他一直找不到機會。

「後來，他聽說那個法師缺少一種做為藥材的魚骨，而他知道哪片海域有那種魚，於是他借了一艘小船就出海了。他的航行技術非常爛，體力不夠好，觀察力也十分感人，所以他差點死在風暴裡。

「這麼一想，他也算是因禍得福。他被我救了，還被人類法師抱回塔裡，然後順理成章地和人類法師同居……」

「做學徒並不等於同居。」伯里斯本來只想安靜地看海景，不想插話，但他控制不住。

得到伯里斯的回應，洛特更加有興致了：「反正人類法師同意讓他留下。我第二次遇到他時，他回到了母親留下的小屋，正打算把生活用品帶走。他帶著東西還沒走多遠，一群漁民突然圍了過去，莫維亞借的船是他們的，現在莫維亞得救了，船卻葬身海底，這對漁民們來說是很大的損失。

「莫維亞承諾要賠償他們，他把身上所有東西都拿了出來，讓他們隨意帶走。不是我要

致施法者伯里斯閣下及家屬

說，這個精靈真的很窮，當時他身上最值錢的東西是一支羽毛筆和一瓶墨水，真的。

「本來漁民打算拿走借據就算了，偏偏有幾個年輕精靈唯恐天下不亂，一直在旁邊煽風點火。眼看他們就要對貧窮的莫維亞動手，於是我第二次救了他。

「我耍了點小把戲，嚇走了那些精靈，他們都知道莫維亞想當法師，還以為是莫維亞施法了。這次，我正式出現在莫維亞面前，第一次和他說話。我們聊了一會兒，最後我讓他幫我去塔裡找一樣東西。」

「他導師的書？」伯里斯問。

「是的。在島上閒逛時，我感知到海淵之塔中有一件非常古老的物品，可能來自位面割離之前，這種古物上可能有解除詛咒的線索。我不能親自到塔裡去，雖然法師塔的防禦對我來說不算什麼，但這麼做有可能會嚇死那個人類，還會引起很多本不必要的麻煩。

「於是莫維亞答應幫我留意一下。他說因為我救了他，這是他應該回報我的。第二天，我和他在約好的地方見面，他說塔裡確實有一本羊皮紙古書。我們坐下來聊了很久，最後他答應我，幫我把那本書帶出來。當然，我不會帶走它，我只是想看看。

「但是，最終他也沒有把書帶出來。後來他哭哭啼啼地找到我，說他的導師已經在他身上發現了奇怪的不死生物氣息。這時我只剩最後一天了，我把自己的真實身分告訴他。我還告訴他，如果沒辦法把書拿出來就不要為難了，我自己去塔裡看看。

「他卻說什麼也不同意，說這樣會讓他被導師懷疑，他還求我不要毀掉他剛剛好起來的生活。其實他說的也有道理，我也不太想被那個人類法師發現。人類法師有可能會把我視為奇珍異獸，也有可能把遇到我的事昭告天下，我總不能殺他滅口吧。我可不想被當成什麼每百年復活一次的怪物。

「第七天到來之前，莫維亞徹夜讀了史料和宗教書籍，他進一步瞭解了我的身分，還專程找到我，信誓旦旦地要幫我解開詛咒。他說自己是精靈，壽命很長，機會很多，將來他一定會將畢生投入到研究中，盡快找到亡者之沼，找到釋放我的辦法。結果你也知道了，他很快就把這件事拋在腦後。」

伯里斯輕笑，忍不住說：「大人，其實將這種承諾拋在腦後才是正常人會做的事，可以理解。」

「但你不一樣，」洛特說，「你做到了。」

「嗯。所以，您等了他一百年，您發現沒什麼希望了，便又選擇了我。然後我花了六十幾年，終於找到了您。」

洛特低聲問：「親愛的伯里斯，你是不是嫉妒了？」

伯里斯搖搖頭：「我為什麼會嫉妒一個能力不如自己的法師？要嫉妒也應該是他嫉妒我。」

「這不是誰法術比較厲害的問題。」洛特面帶歉意，「是我讓你誤解、讓你失望了。你以為我在騙你，以為我對每個法師都剖白內心，但並沒有。」

致施法者伯里斯閣下及家屬

說著，他扶著法師的雙肩，「伯里斯，你和其他人不一樣。不妨告訴你吧，我曾經向十一個人坦白過身分，他們也都承諾要為我破除詛咒，其中包括你，你是最後一次。前十次和最後一次並不一樣，在前十次裡，我和他們相識、談話、互相幫忙，我幻想著重獲自由，但從來沒有幻想過重獲自由後要繼續和他們生活在一起。

「我從來沒有想親吻他們，從來沒有試著去愛他們，從來沒有在回到亡者之沼後還繼續思念他們。我與人類分別過很多次，但真正讓我痛苦的，只有在珊德尼亞邊境離開你的那一次。是的，我期待過十一次，而其中真正讓我日思夜想的，卻只有最後一次。」

伯里斯一句話也說不出來。

他不知道自己信不信，也不知道洛特說的對不對，他不知道該怎麼回答，不知道該怎麼理解，不知道該怎麼應對。

他不是故意沒反應，他是真的大腦一片空白。

譬如，八十幾歲的農夫第一次接觸魔法時，他會被震撼，會手足無措，還會有些恐懼。他會默默地想：也許年輕人還有冒險的可能性，但我不行，我怎麼可能應付這個？

老農夫既沒辦法否認魔法的存在，也沒辦法順利地接受它。於是他只好逃避它，不去想它，運氣不好的話，他會一直逃到這輩子結束為止。

如果是一個八十幾歲的老法師第一次接觸到所謂的「戀慕」，反應大概也是如此吧。

在伯里斯的腦袋放空時，遠處的港口已清晰可見，船即將抵達蘇希島了。

洛特輕輕把法師攬到身邊：「伯里斯，抱歉，我讓你不開心了。但說真的，我又有點高興。我知道你一輩子都沒談過戀愛，你無法處理這種情緒，所以你一直不敢正面回應我。我明白，我接受，因為這是最真實的你。這次我是真的有點高興，我終於得到你的回應了。」

說到這裡，他頓了頓，問：「呃，伯里斯，你要不要回船艙？」

「什麼？」看著遠處發呆的法師終於有了反應。

「你身上好涼。現在的海風確實有點冷，我們還是回船艙吧，或者我再去找一件衣服。」

伯里斯從剛才就一直覺得冷。灰山精的島上潮濕悶熱，蘇希島附近卻陰風陣陣。

這些海島都位於昆緹利亞的範圍內。在這個季節，昆緹利亞怎麼會這麼冷？

他抬起頭，正好看到了遠方的海淵之塔。它矗立在一處海岬邊，塔頂散發著穩定的魔法光芒。

這種光芒非常明顯，大概整個蘇希島和附近的海域都能看到。但它卻十分柔和、毫不刺眼，在白天融於日光，在夜晚猶如明月。

每到黃昏，在光芒最為顯眼的時候，在天空一片火紅之時，它是視野內唯一的冷色。

致施法者
To Burris the Spellcaster and His Family Dependent
伯里斯閣下及家屬

Chapter 13

致施法者伯里斯閣下及家屬

莫維亞把兩位客人迎進塔內的會客室，還親手替他們泡了熱茶。這是昆緹利亞特有的柑香黑茶，茶香讓伯里斯的心情放鬆許多。

原本伯里斯的期望，是能使用海淵之塔內的固定傳送陣，傳送到隔海相望的黑崖堡。如果莫維亞大師有顧慮，他願意簽一張幣票，或者讓大師免費訂一批魔法材料。總之，就是要想辦法換得傳送陣的使用權。

但這個期望完全落空了。不是莫維亞不願意，而是他的塔裡根本沒有傳送陣。

伯里斯又提議：「或者，請為我們施展一個即時傳送吧。施法報酬由我……的導師出。」

我不太方便施法，而且對黑崖堡也不熟悉，不瞭解地形就沒辦法算出確切的傳送位置；而我自己的住處又距離此處太遠，數值過大時，法術根本無法回應。」

莫維亞苦著臉喝了一口茶：「閣下，這個……我也做不到。我可以聯繫黑崖堡讓他們派船來接你們，但是，我沒辦法把你們傳送過去。」

「為什麼?黑崖堡不允許嗎？」

「不是，」莫維亞憂傷地盯著茶水，「我沒有傳導寶石粉塊。它可以引導資料和空間之間的關係，是傳送類法術的必備材料。」

伯里斯提議道：「這個很好解決。我的導師可以出施法費用，還可以負擔材料費用。我可以代表導師簽幣票給你，將來導師還會派材料公會的人來一趟蘇希島，再幫你添購一批新的寶石。」

「我不是這個意思……」莫維亞有點臉紅，「我……我這裡根本沒有寶石粉塊。你明白我的意思嗎？我願意幫你們，但我沒有這些東西，就算你的導師願意慷慨出資，此時此刻我手裡也還是沒有寶石粉塊。我已經很多年不用傳送類法術了，我們本來就很少需要用它。」

伯里斯十分吃驚。法師塔裡缺少施法材料？這簡直前所未聞！法師塔既是施法者的休憩處，也是學術著作與魔法物品的集合地，它可以連廚房都沒有，卻不應該缺少施法的必要物品。

他又想了想：「或者……請問這裡有翼偽龍鱗嗎？」

莫維亞深深嘆了口氣：「我知道你的意思。你想用來延長飛毯力場的持續時間，直接用飛毯力場渡海。抱歉，我這裡沒有翼偽龍鱗，這種材料不常見，價格也不是一般法師能夠承受。或許你還想直接用飛行法術渡海？這根本不可能，飛行法術需要高度集中精神，而且法術本身相當消耗精力，時間一長，你會非常疲勞，有失控墜海的危險。也許你想用延時藥劑？這也不太可能，那種藥的配方裡有死靈術成分，我根本不用那種類型的法術。就算我願意使用，我也買不到裡面的違禁材料虛空蟲……」

伯里斯忍不住插嘴：「它早就不是違禁品了，而且它降價了，一包才兩百個金幣……」

剛才洛特就一直很罕見地沒有插話，現在他終於耿直地開口了：「怎麼回事？海淵之塔這麼窮嗎？你老師什麼遺產都沒留下嗎？」

莫維亞苦笑了一下。事實證明，海淵之塔就是非常貧窮。根本不需要莫維亞說什麼，從

致施法者伯里斯閣下及家屬

高塔本身就能看出來。塔外的防禦法術用的是劣質材料，導致力場透明度不夠，用肉眼便能清晰可見；塔身常年受到海風侵蝕而斑駁不堪，咒文剝落，牆壁變色，大門的把手還掉了一個；塔內的木質地板損壞了好幾塊，似乎根本沒人修葺；會客室和走廊還依靠著提燈照明，身為知名法術大師的莫維亞竟然連永明燈都沒有。

以及，海淵之塔裡沒有任何構裝生物。伯里斯一開始就注意到了，他本來以為這和精靈們的信仰有關。海島精靈敬畏自然，很難接受似生非死之物。現在看來，多半也只是因為窮。

這並不正常。也許別人想不到，但伯里斯能夠感覺到異常，他是施法材料商會的董事，還是冒險者公會的永久顧問，所以他對很多研究機構的收支都有粗略的印象。憑他對海淵之塔的瞭解，它本不應該如此貧窮。

海淵之塔是被精靈議會用一部分稅收供養著。莫維亞擁有一片林地，一個珍珠養殖場，當施法材料採集商到附近海域作業時，還會向法師塔繳納顧問費和其他稅收。這麼算下來，雖然海淵之塔的收入不算太多，但也不該悲慘成這個樣子。

莫維亞本人穿著樸素，身材消瘦，他塔內的三名精靈學徒也都看起來十分貧窮。似乎大家都不是追求享樂的類型，那麼，海淵之塔的錢都花到哪裡去了？

如果莫維亞是鄉紳或官員，這個問題也許會有各種精彩的答案，但莫維亞是法師。所以，伯里斯只有一種猜測：莫維亞私底下進行著某種研究，這項研究需要消耗巨額的資金，而且不能公然申請經費補助。

看兩個法師都不說話了，洛特提議說：「那麼，莫維亞大師你派船送我們去黑崖堡吧。蘇希島總是有船吧？」

「我不能。」莫維亞說話一直很微弱，這次卻拒絕得十分堅決，「你們也知道，現在這片海域不太安寧。驚濤魚人在昆緹利亞附近頻繁出沒，已經有好幾艘船遭遇襲擊。」

「你們精靈的船？」洛特問。

莫維亞說：「不，遭遇襲擊的主要是灰山精和人類的船。承蒙艾魯本庇佑，蘇希島精靈只遇過別人遭受襲擊，還沒有被直接攻擊過。我想，這有賴於我們優秀的航海技術和警覺性，而且我們的船也更大更穩。最近精靈議會讓海防軍加強巡視，這種情況下，我實在沒有能力單獨派一艘船送你們去黑崖堡，海防軍不會同意的。漁船就更不行了，我不能讓平民冒著遇上魚人的危險。」

「那我們……」

洛特剛要說什麼，莫維亞便柔聲安撫道：「兩位也別著急，我還是可以幫助你們的。我有導師留下來的水晶球，可以與黑崖堡內的施法者遠端交流。再等幾個小時，你們就可以用它與黑崖堡取得聯繫，讓他們派船過來接你們。」

「為什麼要再等幾個小時？」伯里斯問。

莫維亞面帶歉意：「這裡只有一個水晶球。我把它借給精靈議會了，他們正在用它監視商船的安全，還沒有還給我……」

致施法者伯里斯閣下及家屬

這時，一名學徒敲了敲門走進會客室，向莫維亞和客人們恭敬行禮，告訴莫維亞精靈議會有請。

莫維亞囑咐學徒細心款待客人，然後禮貌而迅速地離開了法師塔，好像一分鐘也不想多作停留。

伯里斯暗暗感嘆，莫維亞大師竟然就這樣把陌生人留在塔內，他怎麼放心？不過仔細一想，洛特也算是他的熟人，也許他內心深處非常信任洛特。至於自己，一個「年輕的人類學徒」就更不值得大師擔憂了。

法師們都知道一個規矩：進入別人的高塔後，你只能在一樓的會客室行動，除非主人邀請，不然絕對不可以擅自登上高層。法師會盡可能保護高塔研究區，擅闖禁區十分危險，就算你本領高強、無所畏懼，刺探別人的研究室也是極為不禮貌的行為，這種粗魯之舉足以讓兩個法師結下深仇大恨。

在莫維亞大師看來，「伯里斯．格爾肖的小學徒」肯定知道規矩，他不會亂跑，不敢亂跑，而且也沒有亂跑的能力，畢竟他才二十歲。

莫維亞的學徒幫客人準備了食物，還抱來了一些靠墊和毯子，做完這些，他們也離開了會客室。

這幾天伯里斯一直沒有好好休息。法師塔的沙發比灰山精的窩棚舒服多了，他很樂意再好好睡一覺。

他裹上毯子，找了個舒服的靠墊，卻望著天花板遲遲無法閉上眼睛。他想像著海淵之塔的高樓層，思考著一些「極為不禮貌」的行為。

「你想上去？」洛特的臉突然出現在視野上方。

伯里斯下意識地想否認，又覺得好像沒有什麼值得隱瞞的，於是他小聲說出了自己的疑惑。比如蘇希島的溫度異常，比如海淵之塔的怪異之處。

不僅如此，他還懷疑塔頂的魔法光球有一些不為人知的作用。根據歷史記載，海淵之塔上一直有一個魔法光球，是已故的前任塔主留下的。光球就像第二個月亮，將法師塔變成了守護整座小島的燈塔，除此之外，它本身沒有其他用處。

伯里斯隱約覺得那個光球並不正常。只可惜法師塔太高，距離太遠，他沒辦法在塔下仔細觀察。

伯里斯說這些的時候，洛特聽得不是很認真，而且嘴角的笑意越來越明顯。意識到這一點後，伯里斯沒有再說下去，而是問他想到了什麼。

洛特笑咪咪地看著躺在身邊的法師：「我要是說出來，你搞不好會生氣的。」

「您說吧，難道我平時很容易生氣嗎？」

洛特的笑意更濃了：「就是因為你脾氣好，不愛生氣，我才更不希望你生氣啊。聽說脾氣好的人一旦生氣了，他的身體會產生更多的有害物質，危害健康，而脾氣壞的人已經有了抵抗能力……」

「這完全是謠言，沒有這回事。我建議您少看冬青村集市賣的書。」

「好吧，我只是活躍一下氣氛。」洛特說，「說正經的，你沒必要懷疑莫維亞，他雖然又傻又笨又窮而且不守承諾，但他應該不是什麼陰謀家。」

伯里斯說：「我也不是說他有多邪惡，只是覺得他肯定隱瞞著一些很重要的東西。」

洛特問：「說真的，你這麼懷疑他，是不是因為我？」

伯里斯從毯子裡爬起來，哭笑不得地看著洛特：「大人，您平時真的太愛看浪漫小說了。」

「不是嗎？」洛特眨眨單邊的眼睛，「是我讓你不舒服了，是我不對。你沒必要嫉妒莫維亞。」

其實伯里斯真的有點生氣，雖然只是一點點，而且氣得差點笑出來：「您又來了，我為什麼要嫉妒他？我在各方面都比他成功，應該是他嫉妒我才對。」

伯里斯蜷在沙發上，裹在毯子裡，洛特稍微彎下腰，正好親到他的額頭。

伯里斯愣了一下。洛特問：「所以你到底想不想上去？如果你有顧慮，我替你去，反正我能免疫魔法，他們發現不了。」

伯里斯搖了搖頭：「不用了。」

「你不懷疑他了？」

「我依然懷疑他。現在塔裡有三個學徒，我又有點睏，狀態不好，所以我打算休息一下再找合適的機會仔細查看。您不要去，雖然您能自由行動，但您對奧術體系缺乏瞭解，您根本看不懂法師的實驗室。」

「你說話也太直接了！」洛特驚嘆道，「毫不浪漫，令人心碎！」

伯里斯整理了一下毯子，藏住臉上淡淡的笑意：「確實一點也不浪漫，但是我從來不騙您。」

伯里斯睡了兩個多小時，醒來後，他發現洛特也躺在沙發上熟睡。

骸骨大君能免疫魔法效果，能抵抗一定的物理傷害，但他竟然需要吃飯睡覺。而且是真的需要，並不是做做樣子。不愧是半神，他身上有太多異於常理的東西了。

伯里斯拍了拍大腿，伸展了一下筋骨，起身在會客室裡走了一圈。這是他常年養成的習慣，睡醒之後一定要活動一下。

人老了之後，長久不動會讓身體緊繃，起床起得太快也會發生危險。現在他變年輕了，按道理來說他甚至可以直接從沙發上跳起來，但他還是保留著以前的習慣。

壁爐裡生起了火，應該是學徒們做的。伯里斯和洛特替換下來的衣服已經被清洗烘乾，整齊疊放在壁爐前的單人座椅上，染上了溫暖的熱度。

拿起衣服時，伯里斯突然意識到：蘇希島的異常低溫應該出現過很多次了，而且每次都

致施法者伯里斯閣下及家屬

持續不久。

如果是長期低溫，蘇希島的種植業、航運業都會受到影響，島民肯定會為此擔憂不已，氣溫異常的消息也會傳遍各地；如果是第一次出現低溫，精靈們肯定會陷入恐慌，他們會擔心氣候發生永久變化，會對此不斷討論。

但事實上，島上的居民面對異常低溫毫不驚慌，無論是海軍士兵還是其他精靈都很冷靜，他們只是偶爾抱怨幾句，卻並不會為此擔憂。看起來，大家應該都經歷過類似的情況，都知道這只是暫時的，短短幾天的降溫不會造成任何損失。

按照這個思路，莫維亞的行為就更加可疑了。

普通精靈不介意就算了，而莫維亞是海淵之塔的主人，是駐守昆緹利亞的知名法師，他怎麼可能對異常天氣毫不在乎？就算以前也有過類似的情況，身為法師，他也應該提高警惕才對。

他對驚濤魚人的態度也很值得深究。驚濤魚人很少出現在近海，上一次大規模出現是一百多年前的事了，現在災難再次初現端倪，昆緹利亞的居民估計都有點擔憂，但是莫維亞……他好像有點過於冷靜了？

雖然他在談及此事時語氣嚴肅，但伯里斯看得出來，他並不是真的緊張，他的心情十分平穩，彷彿一切盡在掌握之中。伯里斯活了八十幾年，這點看人的能力還是有的。對莫維亞來說，洛特的出現顯然比魚人襲擊要驚恐多了。

就算莫維亞經歷過驅逐魚人的戰爭，現在他也不該如此波瀾不驚。無論是人類還是精靈，面對捲土重來的災難，他們只會更警覺、更緊張，而不是鬆懈下來。

正想到這裡，走廊裡響起一陣腳步聲，三名精靈學徒都下了塔，好像在和別人打招呼。伯里斯搖醒洛特，洛特正在揉眼睛的時候，莫維亞帶著一群人走進了會客室。

他把水晶球帶回來了，還帶了四個穿長袍的海島精靈，每個精靈又帶了兩名身穿皮甲的護衛。本來就不大的會客室裡頓時變得十分擁擠。

剛睡醒的洛特橫躺在沙發上，被一群看上去年紀不小的精靈圍觀著。他們的眼神充滿憐憫和威嚴，無聲地催促洛特趕緊從沙發上起來，最好還能把亂七八糟的沙發和墊子重新整理好。

但洛特根本無法領會他們的意思。他仍然蹺著腳橫躺在沙發上，笑容燦爛地和陌生的精靈們打招呼。

是莫維亞讓他在這休息的，他憑什麼起來，他走到哪就把哪當自己家，從來不和別人客氣。

莫維亞尷尬地為雙方介紹了一下。那四個精靈都是蘇希島議會的成員，莫維亞要幫客人和黑崖堡取得聯繫，正好精靈議會也有事想和人類商量，於是他們就一起回到了法師塔。

四名議會成員坐在對面的沙發上，護衛在後面整齊地站成一排。洛特一個人霸占一張沙發，還叫「柯雷夫」過來和他一起坐。伯里斯沒過去，他想站著，這樣比較不容易分心。

致施法者伯里斯閣下及家屬

水晶球太小了，不方便這麼多人一起觀看，於是莫維亞叫學徒拉起一塊白布，用簡單的幻術把水晶球的成像投映在布面上。

準備完畢，莫維亞開始喚起法術，使用傳訊。如果不出意外，接到傳訊的是黑崖堡的一名老法師，他是一個藥材店的店主，經常往來於黑崖堡和旁邊的港口城。

白幕上泛起了一陣五彩的光波，這說明通訊成功了，對面有人回應了傳訊。光芒漸漸暗淡下來，色彩彙聚成形，形成了穩定的畫面，幕布上浮現出一張年輕秀氣的臉。

這個人不是藥材店店主，而是一個身穿淺色長袍的金髮少年。他穿得很樸素，頭髮有點凌亂，但他的五官十分精緻，美麗得不輸森林精靈，特別是那雙藍寶石般的眼睛，就像昆緹利亞清晨的海水一樣迷人……

伯里斯腳下一軟，撐著沙發才沒跌倒。洛特也驚訝地看著幕布，甚至都沒有立刻去扶伯里斯。

這不是艾絲緹公主嗎?!

她為什麼拿著藥材店店主的水晶球？她為什麼在黑崖堡？她為什麼穿著男人的衣服、綁著男人的髮型？

艾絲緹肯定也看到了這邊的情況。但這邊人太多了，一群人圍著水晶球、看著幕布，她皺了皺眉，好像有些看不清楚。

幕布的畫面晃動了一下，有人移動了對面的水晶球。一個低沉的男聲問了幾句話。

光聽聲音伯里斯就認出來了，是那個沉默古板的奧塔羅特信徒、黑崖堡神殿騎士的統領、年輕有為但死氣沉沉的奈勒爵士！

艾絲緹扭開身體，輕聲回答了奈勒的問題。她的嗓音完全是男性的音色，這對身為法師的她來說並不難做到。

然後她回到水晶球前，用比較正式的語氣打了聲招呼，向莫維亞大師和精靈議會的成員致以問候。

她自稱是一名年輕法師，也是黑崖堡騎士團統領的朋友。水晶球的主人暫時無法施法，那位年事已高的藥材店店主受了傷，現在正在接受治療。

「老菲迪受傷了？怎麼回事？他還好嗎？」莫維亞問。

艾絲緹搖了搖頭：「不，他不太好。大師，就算您不聯繫黑崖堡，我們也正要聯繫您……驚濤魚人出現了。」

「我們知道，」莫維亞說，「我們也遇見幾起襲擊，今天我們還剛剛救助了兩位人類客人……」

他還沒說完，一口男性嗓音的公主加快語速：「大師，驚濤魚人在黃昏時來到了近海，先後襲擊了海港城三座碼頭以及黑崖堡的軍用碼頭。魚人數量龐大，幾乎無法計數，牠們呈現出一種極端瘋狂的飢餓狀態，並直接衝上陸地。海港城損失慘重，目前傷亡未知。

「黑崖堡的情況稍微好一些。但因為船隻遭到了不同程度的損毀，黑崖堡騎士團無法以最快的速度援助海港城。現在我們剛剛抵達，並且保護海港城居民撤退到了北門一帶。目前魚人沒有繼續深入陸地，情況暫時穩定，但根據我的推測，在沿海城區仍有一些家庭來不及撤離，正被成群的魚人圍困。黑崖堡騎士團正在組織救援。」

法師塔會客室裡一片寂靜。

艾絲緹繼續說：「諸位大人，蘇希島似乎一切安好，並未受到魚人侵襲？如果是這樣，我懇求諸位能對海港城施以援手！根據出港紀錄，近海還有一些漁船未能返航，現在吉凶未卜。黑崖堡騎士團會負責保護海港城居民，但他們已經沒有多餘的人手去救援海上的人了。我只是一個年輕的施法者，我的能力也有限……」

她說得很模糊、很克制，伯里斯立刻明白了她的難處。

黑崖堡附近的海底沉睡著大量的手掌蟒——那種由伊里爾發明、由伯里斯加以改造的人造生命。當驚濤魚人大批出現時，艾絲緹肯定考慮過啟動它們。這批手掌蟒不會傷害魚蝦貝類等生物，只會針對水域內的類人生物進行處刑，用它們來對付魚人再合適不過了。

但是艾絲緹不能啟動它們。根據出港紀錄，海面上還有很多未歸的漁船，一旦啟動手掌蟒，它們會把驚濤魚人和人類倖存者一起殺死。

從施法原理上來說，控制者也可以手動操控手掌蟒，讓它們清晰區分敵人，但這需要施法者親臨現場，距離太遠就不可能做到。

如果要去操縱手掌蟒，艾絲緹需要有人為她開路，為她引開潛伏在近海中的大量魚人。

伯里斯長嘆了一口氣。

我的好學徒，妳真是勇敢。其實妳根本沒辦法操控這麼大量的手掌蟒，妳只有許可權可以啟動或靜置它們而已。如果妳解除它們的自動模式，改為手動操控，一不小心妳就可能讓自己也身陷險境。

艾絲緹不是那種盲目自大的孩子，她知道每一步都很危險，但她沒有別的辦法。

她肯定求助過，她肯定已經向不歸山脈派了無數隻金屬渡鴉，發了無數封傳訊符，用水晶球嘗試了無數次通訊……但不歸山脈無人接聽，導師伯里斯不知所蹤。

伯里斯沒帶通訊水晶，艾絲緹也不知道他的正確方位，她根本沒辦法找到他。如果向王都求助，他們派兵過來要好幾天，那時還困在近海上的漁船早就遭遇不測；而她也不能向奧法聯合會暴露海裡的手掌蟒，這會讓她自己、她的導師、她的國家都陷入不利境地。

伯里斯內心一陣酸澀，不禁有些自責。這個學生貴為公主，而且年紀還這麼小，卻一直在承受各種委屈。而他教過的其他學生卻不一樣，那些人類和精靈要不是在做生意賺錢，就是心無旁騖地教書，或者四處流竄快樂遊玩。

不過，艾絲緹為什麼會在這裡？她竟然跑到黑崖堡來找奈勒爵士？她肯定不是為魚人而來的，應該是來了之後才遭遇魚人襲擊事件；她女扮男裝，那她肯定是私底下偷偷來的；既然是偷偷來的，就肯定沒人把她當成公主；她扮成男人，肯定是為了和奈勒住在一起……

「你怎麼了？」洛特從沙發上爬起來，一手扶住伯里斯的背。

致施法者伯里斯閣下及家屬

伯里斯的臉色千變萬化，渾身緊繃，手指僵硬，一副馬上就要心臟病發的模樣。

「我沒事……」伯里斯羞愧難當。都這個時候了，自己的思路卻如此偏離正事，真的是被洛特傳染得不輕！

致施法者
To Burris the Spellcaster and His Family Dependent
伯里斯閣下及家屬

Chapter 14

這時，艾絲緹終於注意到角落裡的兩個人。在她的視野中，洛特和伯里斯只是兩團模糊的影子，但她記得他們的聲音。

她動了動眉毛，什麼都沒有說。伯里斯注意到了這一點，便故意大聲地說：「莫維亞大師，看來黑崖堡不可能派船來接我們了。蘇希島會去幫助他們嗎？」

伯里斯確信艾絲緹已經認出了他的聲音。她在摸手上的金屬戒指，她一直用它來操控傳訊渡鴉。

「我們會去的。」一名精靈議員搶在莫維亞之前說，「百年前，我們協助人類擊退驚濤魚人，讓昆緹利亞恢復平靜，這一次當然也不在話下。」

伯里斯暗暗想，黑崖堡記載的版本是「人類救助了精靈，幫助精靈將魚人驅趕回大洋深處」。不過這不重要。

莫維亞也說：「是的，我們會立刻準備快船前往海港城與黑崖堡。」

他安撫了一下「人類法師」，然後結束通訊。幕布恢復空白，水晶球內部也變回了混沌的霧狀。四名議會成員立刻帶著護衛起身離開，各自去安排行動事宜。

莫維亞則叫來三名學徒，讓他們幫他準備施法工具。他要親自登船，和海防軍一起去幫助黑崖堡。他的三個學徒都不去，他們資歷尚淺，不足以應對真正的戰鬥。

出門前，莫維亞突然停住腳步，回頭看向洛特：「吾友，你願意和我一起去嗎？」

洛特皺了皺眉頭，不知道該怎麼回答。他對攻打魚人很好奇，但又怕伯里斯不高興。

「說真的，我需要你。」莫維亞說，「我很瞭解你有多麼勇猛和強大。真的，我需要你。」

莫維亞並不知道骸骨大君的力量已經劣化，現在只能用嘴施法了。

「大人，去幫他們吧。」伯里斯說。

莫維亞趕緊插話：「年輕的法師，你不能跟去。那邊太危險了，你要留在塔裡。」

伯里斯很配合地回答：「好的，我確實幫不上忙，我不去。」

洛特的表情有點失望，他多半是想到了什麼「一起面對危機是發展感情的好機會」。伯里斯看著他說：「大人，您跟著他們一起去，這樣我才能放心。」

莫維亞以為他指的是骸骨大君的能力，而洛特卻領悟到了伯里斯話中的深意。他立刻不再糾結，跟著莫維亞離開高塔。

塔門關閉之後，三個學徒也來到一樓。他們一個去加固塔門上的防禦，一個坐在壁爐前翻看法術書籍，還有一個笑咪咪地坐在伯里斯面前，問他是否需要食物。

這三個人在塔內自由進出，殷勤服務，拿來了舊衣服，點燃了壁爐，倒滿茶壺裡的水。

他們早就聽到了伯里斯和洛特的對話，想必莫維亞也已經知道了。

莫維亞肯定很欣慰。骸骨大君並不懷疑他，只有那個「年輕學徒」疑心重重。

但是「年輕學徒」一直沒有行動，這說明他知道擅自登塔有多麼危險。他在找機會，現在就是他的機會。

如果他知難而退，三名法師學徒會裝作什麼都沒發生；如果他有所行動，那麼一切後果

致施法者伯里斯閣下及家屬

都是他咎由自取。

雖然莫維亞窮了一點，但他好歹是名傳四方的法師，海淵之塔的高層肯定有嚴密防禦。防禦法術加上三名學習魔法多年的學徒，要對付一個二十歲的人類小法師，這一切本該綽綽有餘。

伯里斯嘆了口氣，放下杯子。茶葉加過太多次水，已經沒味道了。

莫維亞和精靈學徒的想法沒有錯。只可惜，這個人類小法師不是二十歲，他已經八十四歲了。

幾分鐘後。

坐在伯里斯面前的學徒昏睡過去，壁爐前的學徒陷入幻覺，蜷縮在高背椅裡呢喃著金槍魚的三十一種烹飪方法，走廊裡的學徒最為機靈，能力也最強，他抵抗住了伯里斯的偷襲法術，一路追著伯里斯來到三樓，然後被塵土形成的七八隻手死死按在地上。

伯里斯一層層往上走，經過了起居室、藏書室、配藥室、實驗區等，就像所有法師塔一樣，海淵之塔的大部分區域都被禁令魔法保護著。其中絕大多數禁令法術都十分古老，已經在塔裡運作了相當長的時間，粗略推測至少有一百多年了。這麼一想，法術應該是高塔的上一任主人留下來的，施法者是人類法師芬尼，而不是後來的精靈莫維亞。

那麼莫維亞做了什麼？他擁有芬尼的許可，可以直接通過禁令魔法，所以他從未解消它們、改良它們，最多只是加固過其中一些。他在某些區域施展過新的禁令防禦，但他的技術比他的老師差遠了。

芬尼留下的防禦雖然年久失修，但基礎十分穩固，解除起來要花點心思；而莫維亞的防禦水準……伯里斯忍不住連連搖頭，如果黑松能耐心一點，連他的能力都不比莫維亞差。

海淵之塔裡有很多法師芬尼留下的痕跡。他的實驗器材放在研究室裡，大量著作堆放在書架和書桌上。反而是莫維亞的東西比較少，莫維亞在海淵之塔生活了一百六十幾年，留下的東西竟然還沒有一個人類多。

伯里斯發現了法師芬尼的日常手記和法術筆記，還有莫維亞的法術筆記以及一些採買帳簿。他把它們藏在干擾型障目術後面，然後繼續向塔的高層探索。

海淵之塔的最高處是一間四面通透的亭閣，那枚冷色的光球就懸浮在這裡。亭閣的入口在地板中心，也就是下面一層的天花板上，木梯和門板上的禁令魔法也是芬尼留下的。

但與別處不同，莫維亞把這個法術加固了好幾次，還在上面放置了一個即死類詛咒。

這不像精靈的作風，特別是海島精靈，他們連死靈學和異界學都不願意接受，即死詛咒在他們看來是最為惡毒的東西。

要論設置即死詛咒，有誰比得上伊里爾呢？伯里斯想起三十幾歲重回寶石森林的時候。那時他一路解除了多少即死詛咒啊，簡直數都數不過來。

解除法術後，伯里斯推開門，爬進了灑滿冷光的亭閣。從這裡可以俯瞰蘇希島的港口和

致施法者伯里斯閣下及家屬

整片貿易區，還可以監視遠方漆黑沉靜的大海。

這麼高又四面通暢的地方卻一點風也沒有，肯定是因為外面設有隔離力場。它可以遮罩一切光線以外的外界干擾，卻不阻止內部力量向外擴散。

伯里斯念起咒語，一張解析法陣漸漸浮現在他的手中。法陣緩緩升高，水平延展成一塊半透明力場膜，像糖果紙一樣包住光球，並逐漸融入其中。

一系列咒文與資料開始在伯里斯眼前浮現，這是光球所有的法術成分和歷史行為。

看完之後，伯里斯收回解析法陣，將讀到的內容複製到了一枚彈珠大小的儲法曜石裡。

他已經知道海淵之塔的祕密了。

聽說歷史上的魚人襲擊和紅圓月有關，但今天並不是滿月，明天才是。亭閣的牆壁上掛著一張月相表，上面還有一些精靈語筆記。

這個月的滿月之夜，昆緹利亞和附近區域會看到月全食。

——也就是所謂的「紅圓月」。

伯里斯深深嘆了一口氣。

他抓牢護欄，用一個簡短的字元解除了隔離力場。強風頓時灌入亭閣，把他的衣服和頭髮吹得亂七八糟。

一隻金屬渡鴉乘風飛了進來，穩穩地落在他的手臂上。

對付驚濤魚人，蘇希島海防軍有一套很特別的方法。他們先用誘餌吸引魚人靠近，然後丟出一大片金屬漁網，莫維亞大師便趁機啟動提前儲存好的攻擊法術，讓法術順著漁網傳遞爆裂。過去莫維亞一直用這種方式驅趕魚人，昆緹利亞的居民們對此非常讚賞。

這次出航也一樣。蘇希島的海防軍順利擊殺魚人，一路乘風破浪，大概再一會兒就能看見黑崖堡了。

洛特暗暗感嘆，這群精靈對付魚人真是熟練啊。對灰山精和人類來說，遭遇驚濤魚人是危及生命的大事，而蘇希島海防軍根本不把牠們放在眼裡，精靈們幾乎是聊著天說著笑話就把牠們都解決了。

暫時沒有魚人襲擊的時候，莫維亞就去找洛特聊天。這個精靈永遠是一臉委屈的表情，每句話都盡可能地自我貶低，眼神中時刻渴望著骸骨大君能說幾句原諒他的話。但洛特並不配合，他就只是隨便附和，或是故意岔開話題，問一些關於大海的事。因為他也看出來了，莫維亞真的沒有看起來那麼簡單。莫維亞和他的學徒故意把伯里斯留在塔裡，伯里斯懷疑他們，他們也在懷疑伯里斯。

洛特趴在船舷護欄上，莫維亞跟在旁邊，正說到「我在考慮該怎麼補償你」時，他突然扭頭望向南邊，臉上頓時血色全無。

洛特順著精靈的視線望去，那個方向似乎沒有什麼異常。他問莫維亞怎麼了，莫維亞只是恍惚地哼了幾聲，連一句完整的話都說不出來。

致施法者伯里斯閣下及家屬

莫維亞搖搖晃晃地走到船尾，像跌倒一樣坐在地上，拿出一堆法器和材料擺弄起來。過了一會兒，他停下動作，愣愣地望著蘇希島的方向，臉色越來越難看。瞭望臺上的水手報告說看到了黑崖堡的船，他也不理睬，像是根本沒聽見一樣。

黑崖堡的船穿過夜霧，逐漸靠近了蘇希島的海防軍。

說來也巧，這片海域本來會有大量的驚濤魚人，現在牠們卻不見蹤影，也不知道是不是被嚇得提前逃走了。

洛特遠遠看到了艾絲緹，她打扮成男性法師的模樣站在甲板上，身邊跟著身穿黑色祭袍和皮甲的奈勒爵士。公主雙手捧著一隻折紙小鳥，它抖抖翅膀，像活物一樣飛了過來，落在海防軍指揮官的手裡。

指揮官匆匆讀了上面的字，沒有立刻做出回應。他走到船尾找到莫維亞，兩人一邊低語著一邊走下船艙。

洛特立刻跟了上去，反正精靈們都知道莫維亞大師尊敬他，他想去哪裡都不會有人阻攔。

「海岸沒有魚人了？」戰術室裡傳來莫維亞驚訝的聲音，「黑崖堡和港口城不是被包圍了嗎？」

指揮官說：「原本情況比較危急，現在好多了，黑崖堡騎士團把魚人趕進海中，然後人類法師找到了對付牠們的方法。反正那個人類法師是這麼說的。」

「不可能這麼容易……」

「什麼？」

「沒什麼，我只是有點驚訝，這樣很好。」莫維亞像是說漏嘴一般地否認。精靈軍人一向對他無條件信賴，所以指揮官也沒再多做詢問。

莫維亞問：「你剛才還說，他們要跟我們一起回蘇希島？」

「是的，這是黑崖堡騎士團統領奈勒爵士的意思。」

「拒絕他們。」

「好的，大師，我們應該怎麼回覆他們？您也要給那個人類法師派那個……鳥嗎？」

「用旗語告訴他們。」

莫維亞整理了一下情緒。剛才他的語速變得急促，語氣也越來越不耐煩，再開口的時候，他又變回平時溫柔謙和的狀態：「抱歉，今晚我有點累。最近昆緹利亞越來越不太平了，我不希望繼續節外生枝。指揮官，你說我是不是錯了？我們還是讓黑崖堡的人跟著吧，也許他們真的有什麼重要的事……」

「不，我贊同您的判斷，」指揮官說，「有什麼事不能立刻說明清楚？如果他們不說，我們就不能貿然讓他們跟著。海港城的人類都不錯，但是黑崖堡……那些騎士會讓昆緹利亞居民很緊張的。」

「好，既然你也這樣想，我就放心了。指揮官，回覆他們之後，請下令加速返航吧，士兵們的家人一定非常擔心，這一晚上他們肯定無法入睡，我們要快點回去……」

致施法者伯里斯閣下及家屬

門外的洛特躡手躡腳地走遠，又踏著正常的腳步走回來，營造出一種並沒有在偷聽的假像。他走過轉角時，指揮官正打開門走了出來，精靈對他微微欠身行禮，加快腳步回到了甲板上。

莫維亞緩慢地從門裡探出頭，仍維持著那副憂愁低落的模樣，眼角還有些許發紅。洛特看得十分煩躁，這到底有什麼好哭的?當年的小伯里斯傷成那樣都沒動不動就哭。

「你怎麼了?」洛特裝傻地問道。

莫維亞想離開，洛特卻兩手撐著門框，故意擋住他的去路。莫維亞不好硬闖，只能嘆著氣回答：「今天晚上不太平靜，我擔心將來還會有什麼變故。」

「是嗎?」洛特向前逼近一步，精靈只好跟著後退，「莫維亞大師，我有事想和你商量一下，只能和你商量。」

精靈的眼睛一亮。一百六十年前他也聽過這句話，當年的版本是「精靈學徒，我有事想和你商量一下，只能和你商量」。

當年骸骨大君的請託是海淵之塔內的藏書，而最後莫維亞並沒有幫助到他。

走進戰術室，骸骨大君反手將門關上。他打算想點辦法，讓莫維亞同意黑崖堡的請求。

奈勒爵士想讓黑崖堡的船跟著精靈們回到蘇希島，這肯定是艾絲緹的提議，而艾絲緹的提議就等於是伯里斯的主意。雖然不知道伯里斯在計畫什麼，但他肯定有他的道理。

精靈海軍非常敬愛莫維亞，船上的最高指揮官只聽從他的命令，只要他說可以，精靈海軍就絕對不會反對。可是，顯然他非常不願意讓騎士們到蘇希島去，如果換成別的精靈，也許會想問問黑崖堡的人為什麼要跟來，而莫維亞卻連問都不想問。

那要怎麼辦？要怎麼才能說服他同意？

骸骨大君眼神陰沉，表情嚴肅。他的內心陷入了極為複雜的思考，靈魂幾乎捲進了天昏地暗的風暴。

這時，莫維亞再次露出可憐兮兮的表情，像當年一樣地問道：「有什麼事需要我幫忙嗎？你幫助過我，我肯定也會幫助你。」

洛特下定決心。

他一把抓住莫維亞的衣領，出其不意地低頭親了下去。

莫維亞從未想過事情竟然還能如此發展，他驚訝地瞪大眼睛，雙手僵在身側。沒過幾秒，他的眼神便開始渙散，無處安放的雙手也軟軟地垂了下去。

再醒來的時候，莫維亞已經躺在自己的臥室裡。天已經亮了。

他的腦子有些混亂。昨晚出海後我是什麼時候回來的？骸骨大君好像要找我談什麼事情？一時間，他竟然什麼都想不起來。房間有些悶熱，他想推開窗戶，卻發現窗戶上多了一道陌生的禁令魔法。

他把手指按在玻璃上，沉思片刻，突然踉蹌著退後幾步，跌坐回床上。

致施法者伯里斯閣下及家屬

外面陽光明亮，正是午後時間。蘇希島結束了異常低溫，回到了這個季節的正常氣候之中。

「導師？」身後傳來一個小心翼翼的聲音。來者是莫維亞最年長的學徒，名叫「海霧」。

他坐在房門外，一聽到裡面有動靜就走了進來。

海霧遞過去一杯水。莫維亞潤了潤喉嚨，深呼吸了幾次才問：「發生了什麼事？」

「您……是指哪方面？」海霧的臉色很不好，大概是一夜沒睡。

「為什麼我會在這裡？我是什麼時候回來的？我回來之後發生了什麼事？」

「您是凌晨回來的。」學徒說，「您不記得了？您對海防軍下了命令，允許他們讓黑崖堡的船隨行。回到蘇希島後，您讓黑崖堡的騎士們住進了空置的營房。」

莫維亞沉吟片刻，又問：「你們的任務完成了嗎？那個年輕的人類法師有什麼異常行動？」

海霧沉默了半天，莫維亞急得提高音量：「他對我的塔做了什麼？你們難道沒有讓他……」

「導師。」這是海霧第一次打斷莫維亞大師說話，「伯里斯．格爾肖來了。」

「什麼？」

海霧收回杯子，手指有點發抖：「他就在樓下，他的學生柯雷夫說……」

沒等精靈說完，「柯雷夫」便敲了敲本就敞開的木門，探頭進來。海霧沒有阻攔，反而面色憂愁地離開房間。

莫維亞不滿地看著人類法師：「我希望你能給我一個解釋。」

「柯雷夫」平靜地望著他：「大師，你也需要給蘇希島一個解釋。」

「你是什麼意思？」

「你明白我的意思，」人類法師說，「導師伯里斯讓我轉達一句話：看在同為施法者的分上，他願意給你一次機會，如果你能主動向奧法聯合會坦白一切，並配合後續調查，他願意幫你瞞住精靈議會，讓你不至於在同族中顏面盡失。」

莫維亞不屑地一笑：「我懂了。你們真好笑，竟然想在我的同伴面前詆毀我？我保護蘇希島這麼多年，他們才不會相信你們。」

「柯雷夫」嘆了口氣：「那好吧。我先離開片刻，請你整理一下儀容，盡快到塔下的議事廳。大家都在等你。」

莫維亞暗暗攥緊雙手：「誰在等？」

「很多人。黑崖堡騎士團的代表、薩戈皇室的使者、蘇希島議會的幾位成員，還有不歸山脈的施法者——伯里斯．格爾肖。」

人類法師的身影消失在走廊轉角。

莫維亞站在門邊恍惚了好一陣子，終於緩慢地走向衣櫥，拿起他最正式的那套法袍。

——《致施法者伯里斯閣下及家屬 vol. 2》完

高寶書版集團
gobooks.com.tw

BL035

致施法者伯里斯閣下及家屬vol. 2

作　　者　matthia
繪　　者　shu
編　　輯　任芸慧
校　　對　任芸慧
美術編輯　林鈞儀
排　　版　彭立瑋
企　　劃　方慧娟

發 行 人　朱凱蕾
出　　版　英屬維京群島商高寶國際有限公司臺灣分公司
　　　　　Global Group Holdings, Ltd.
地　　址　臺北市內湖區洲子街88號3樓
網　　址　www.gobooks.com.tw
電　　話　(02) 27992788
電　　郵　readers@gobooks.com.tw（讀者服務部）
　　　　　pr@gobooks.com.tw（公關諮詢部）
傳　　真　出版部　(02) 27990909　行銷部 (02) 27993088
郵政劃撥　50404557
戶　　名　三日月書版股份有限公司
發　　行　三日月書版股份有限公司/Printed in Taiwan
初版日期　2020年2月

國家圖書館出版品預行編目(CIP)資料

致施法者伯里斯閣下及家屬/ matthia著.-- 初版. --
臺北市：高寶國際出版：三日月書版發行, 2020.02-
冊；　公分. --

ISBN 978-986-361-773-0(第2冊：平裝)

857.7　　108018682

◎凡本著作任何圖片、文字及其他內容，未經本公司同意授權者，均不得擅自重製、仿製或以其他方法加以侵害，如一經查獲，必定追究到底，絕不寬貸。

◎版權所有　翻印必究◎

三日月書版

三日月書版

GOBOOKS
& SITAK
GROUP©

GOBOOKS
& SITAK
GROUP©